王宮呪《まじな》い師の最悪な求婚

宮野美嘉

小学館ルルル文庫

エレイン・ハートネット
18歳、王宮仕えの新米呪い師。凛々しい少女。いつかラキスヴァデリを追い抜き出世するつもり。
ラキスヴァデリ・ストングレー
名門ストングレー伯爵家の三男。類い稀な才能を持つ。いつも無表情で行動が謎。

タランド・ヨーデリア
実行部第三班の班長をつとめる王子。
ブルドゥハラ
実行部第三班所属の呪い師。
ダグラスミード
ヨーデリア王宮お抱えの呪い師長。
ユナ
エレインと一緒に配属された呪い師。
リディ・マイシハット
女子力が高いエレインの親友。
王宮呪《まじな》い師の最悪な求婚
人物紹介

目次

イラスト／くまの柚子

王宮呪《まじな》い師の最悪な求婚

序章

エレインがあの男に初めて会ったのは、今から四年前——十四歳になったばかりの春だった。

このヨーデリア王国で一番すごい王宮呪い師《ラグランフィルド》になって、周りの人達を見返してやる——！

そう誓《ちか》ってエレインは呪い師《フィリーウィード》の訓練所に入った。

呪い師というのは薬草や呪術陣《フィルディーン》を使って文字通り呪《まじな》いを行う職業のことだ。

未来を予知し、病を治癒《ちゆ》し、大地を富ませ、精霊《せいれい》と通じ、呪詛《ヴィラド》祓《はら》いをする。

訓練所に入ったエレインは、先輩《せんぱい》訓練生の中に天才呪い師の卵がいると聞いた。

ラキスヴァデリ・ストングレー。

彼は代々優秀な呪い師を輩出してきた名門、ストングレー伯爵《はくしゃく》家の三男で、家中でも稀有《けう》な能力を有する人物だと噂《うわさ》されていた。

「一度会ってみるといいですよ」

訓練所の教官の紹介《しょうかい》で、エレインは彼と顔を合わせたのだ。

庭の芝生《しばふ》に座ってアーモンドクッキーを食べながら、彼はエレインを見上げた。

その姿を見返し、エレインは怪訝《けげん》に思った。

なんでこの男はこんなにも無表情なのだろう？　この世の何にも興味がないような無表情。感情がないのではないかというほどだ。

それでもエレインは怯《ひる》まず声をかけた。

「先輩、私は先輩のような呪い師になりたいんです」

それなりに謙虚《けんきょ》な気持ちだった。少なくとも、お前を追い抜《ぬ》いてやる！　などと言わなかっただけ謙虚だと思っていただきたい。

エレインより二つ年上だというラキスヴァデリは、異常なほどの無表情を変えることなくエレインを見つめ返し、数拍《すうはく》間を置いて答えた。

「無理だよ。なれない」

残酷《ざんこく》なほどにきっぱりと――。その答えを聞いて、ぴきっ……と、エレインは硬《こう》直《ちょく》した。それでもどうにか食い下がる。

「それは……私が努力した結果を見てから言ってください」

「努力したって意味ないよ」

酷薄《こくはく》に言葉を重ねられてぐらりと傾《かたむ》きかけた心を、エレインはどうにか立て直した。

「努力することに意味はあります！」

「……エレインは馬鹿《ばか》なのか？」

彼は眉《まゆ》一つ動かすことなくそう聞いた。

「教えてあげよう。それは無駄な努力だ。そんな馬鹿げたことはやめた方がいい」

ぷつん……と頭の奥で小さな音がしたのをエレインは聞いた。

その感情をひとしきりぶつけ、最悪の出会いは幕を閉じたのである。

再会はその翌日――エレインは自ら足を運び、屋上で日向《ひな》ぼっこをしていたラキスヴァデリに己《おのれ》の決意を告げた。

「私、死んでも先輩を追い抜いてみせます。私の努力が無駄《むだ》でも馬鹿げてもいないことを証明してみせます。その暁《あかつき》には――昨日の言葉、撤回《てっかい》してください」

強い決意を込めた瞳《ひとみ》で、エレインは彼に挑戦状《ちょうせんじょう》を叩《たた》きつけた。ラキスヴァデリはじっとエレインを見返し、何を思ったか、突然立ち上がると腕を伸ばしてエレインの頭を撫《な》でたのである。

驚《おどろ》くエレインに、彼は無表情を僅《わず》かも崩《くず》すことなく言った。

「無理だよ」

と――一言。

この日、この瞬間、エレインのこの世で一番嫌いなものが決定した。

第一章　世界一嫌いな男

親愛なるミシェルへ

ずいぶん暖かくなってきましたね。今日は、いいお知らせと悪いお知らせがあります。どちらから聞きたいですか？　――いいお知らせ？　分かりました。

お姉ちゃんは、この春ようやく呪い師《フイリーウイード》の訓練所を卒業することになりました。来月からは王宮仕えをすることになります。訓練所の中でも成績が良くないと王宮仕えは敵《かな》いません。ミシェルが少しでも喜んでくれるといいのですが……

お姉ちゃんが傍《そば》にいなくて、淋《さび》しくしていませんか？　お姉ちゃんはいつもミシェルのことを想《おも》っています。ミシェルの自慢《じまん》のお姉ちゃんでいられるよう、お姉ちゃんは毎日毎日一人前の呪い師になろうと頑張《がんば》っています。いつか必ず一流の呪い師になってみんなを見返してみせますから、待っていてくださいね。

そうそう、悪いお知らせですが――王宮仕えをするということは、あの男と再会しなければならないということです。今まで何度も手紙に書いてきましたね。

お姉ちゃんの頑張りを無駄な努力と言い切ったあの男です。

訓練所の先輩で、一足先に王宮呪い師《ラグランフィルド》になった彼です。

私を散々コケにしてくれた、超絶変人《ちょうぜつへんじん》のあの野郎《やろう》と、この度《たび》めでたく同じ職場に就《つ》くこととなりました。こんなことを書いたら、ミシェルはまたお姉ちゃんを心配してしまうでしょうか？

そもそもあの男は、私と再会したらどんな顔をするのでしょう？　決まっていますね。以前と変わらない死滅《しめつ》した表情筋で、私を一瞥《いちべつ》するはずです。

本当に何て無神経なんでしょう！　今まで私があの男にどれだけの迷惑《めいわく》をかけられてきたか！　お姉ちゃんの手紙をいつも読んでくれているミシェルなら知っていますね。あの男が同僚《どうりょう》になるなんて……悪夢以外の何ものでもありません！

これ以上書いたら本当にミシェルを心配させてしまいますね。

お姉ちゃんは毎日元気にしていますから、どうか心配しないでください。

再来月のミシェルの誕生日には、初めてのお給料で買ったプレゼントを持って会いに行きます。それまで待っていてくださいね。会えるのを楽しみにしています。

三月二十五日　エレイン・ハートネット

真新しい制服に袖《そで》を通し、エレインはヨーデリア王宮の一室にいた。

同じ部屋の中には四十代後半の男が一人。ヨーデリア王宮お抱《かか》えの呪い師長《フィルドオーリー》である、ダグラスミードその人だ。

彼は光沢《こうたく》のある机につき、向かい合って立っているエレインの名を呼んだ。

「エレイン・ハートネット。四月十日をもって、きみを王宮呪い師《ラグランフィルド》に任じる」

「謹《つつし》んでお受けします」

真面目《まじめ》な顔で答え、エレインはダグラスミードの差し出した階級章を受け取った。

エレインは十八歳になったばかりの娘である。

琥珀色《こはくいろ》の髪に緑柱石の瞳。すらりとした体つき。顔立ちは割に整っているが、可愛《かわい》いというには目付きが凛々《りり》し過ぎるとよく言われる。

呪い師訓練生として四年間の訓練期間を終えたエレインは、この日王宮呪い師《ラグランフィルド》として正式に任じられたのだった。

纏《まと》う制服は王宮呪い師《ラグランフィルド》にのみ許された白衣である。袖口と裾《すそ》に濃い色の刺繍《ししゅう》が入ったもので、丈《たけ》は膝《ひざ》よりやや短く、厚手の綿で仕立てられていた。白衣の肩には階級章を留めるための茶色い革帯が金具で固定されている。腰に留められた太めの黒い革ベルトには、様々な道具や薬草を入れるための革鞄《かわかばん》が装着されていた。医者の白衣と比べれば格段に派手なその白衣が、呪い師の制服である。エレインはその下に白いシャツを着て、王宮呪い師《ラグランフィルド》の紋章《もんしょう》が刺繍された真紅《しんく》のネクタイを締《し》め、膝が隠《かく》れる程度の長さがある紺色《こんいろ》のスカートをはいていた。

黒い布地に白い糸で花を刺繍してある階級章を肩の革帯に通し、エレインは後ろ手を組んで直立の姿勢をとると上司の顔を見つめ返した。

「今年入った新人は二十三人だ。だが、毎年半分も残らないのが現状なのだよ。きみは訓練所でも群を抜いた成績を収めたと報告を受けている。ぜひとも我々の力になって大きく羽ばたいてほしい」

にこりと笑みを浮《う》かべてダグラスミードは言った。

「ご期待に添えるよう全力を尽《つ》くします」

エレインは真面目な顔で答え、

――いずれはあなたのことも抜き去って、一番上に上りつめる予定ですから――

心の中で付け加える。そんなエレインを見て、ダグラスミードは目を細めた。

「きみは最初に会った時から変わらないね」

言われてエレインはぴくりと眉を動かす。

「……その節は無礼な振《ふ》る舞《ま》いをしました。平常心を失っていたとはいえ、許されないことだったと思っています。それに寛大《かんだい》な処置をして下さって感謝しています。あの頃に比べれば、最低限の礼儀《れいぎ》は学んだつもりですが……」

「いやいや、そういう意味ではないよ。ただ――きみはあの頃と変わらず一生懸命《けんめい》に生きているなと思っただけだ。私はそういう子が嫌いじゃない」

「……恐《おそ》れ入ります」

彼の言わんとすることが今一つ理解出来ないまま、エレインは直立の姿勢で言った。

「ではきみに、最初の仕事を与えよう」

ダグラスミードの言葉にエレインは表情を引き締める。

「配属先は実行部第三班だ。きみにはそこで、ラキスヴァデリ・ストングレーの補佐《ほさ》をしてもらいたい」

そう言われた瞬間、思考回路が停止した。数拍の沈黙《ちんもく》を置き、エレインの頭はゆるゆると動き出す。

「ラキスヴァデリって……あの、ラキスヴァデリ先輩《せんぱい》ですか？」

「そう、きみの訓練生時代の先輩だったラキスヴァデリだ」

上司は悪意など欠片《かけら》もない笑顔で言う。

「この間まで補佐をしてくれていた者は、どういうわけだか胃に穴が開いてしまって今は静養中だし、きみに代わりを頼《たの》みたいんだよ。きみは彼と非常に仲が良かったと聞いている。やってくれるね？」

死んでも嫌だ――！　と、この状況でどうして言えるだろう。

エレインは長い葛藤《かっとう》の末、どうにか口を動かす。

「喜んでお引き受けします」

頬《ほお》の端《はし》をひきつらせ、上司の命令を受け入れたのだった。


どうして自分があの男の補佐――!?

呪い師長《フィルドオーリー》の部屋を出たエレインは、頭を抱えた。

出来るか出来ないかで言えば、答えは出来る――だ。

訓練生の中で自分が一番彼を知っていたとエレインは自覚している。

なにせ出会ってから彼が訓練所を卒業するまでの二年間、エレインは毎日彼と顔を合わせていたのだから。

しかし、やりたいかやりたくないかで言えば、答えは死んでもやりたくない——だ。なにせ出会ってから彼が訓練所を卒業するまでの二年間、エレインは毎日彼に馬鹿《ばか》にされ続けてきたのだから。

何の目的があったのかは知らない。だが、彼はエレインが挑戦状《ちょうせんじょう》を叩《たた》きつけて以来、頻繁《ひんぱん》に現れては言ったものだ。

「エレインは猿《さる》に似ていると思う」

「よくそんなにガツガツ出来るなと感心するよ」

「どうやったところで僕を越《こ》えるのは無理だから、さっさと諦《あきら》めたらいい」

悔《くや》しくて悔しくて……だからエレインは彼の技術を盗《ぬす》んでやろうと決めたのだ。

この男から得た技でこの男を越えて、あの日の言葉を撤回《てっかい》させてやる——！

そう決意し、エレインは何度も彼のもとへ足を運んだ。

毎日顔を合わせているせいで、何やら訓練所ではラキスヴァデリの居所を知りたければエレインに聞けばいいなどと言われるようになっていた。

しかし断固として言いたい。エレインが彼を捜《さが》し出した回数より、彼がエレインにつきまとった回数の方が絶対に多かったはずだ！

あまりにも毎日一緒《いっしょ》にいるせいで、二人は仲が良いのだという愚《おろ》かしい風評まで噴《ふん》出《しゅっ》し……いつしかエレインには、おかしなあだ名がつけられていた。

思い出したくもない不名誉《ふめいよ》なあだ名だ。何もかもあの男が悪い！

毎日顔を突《つ》き合わせて彼を知れば知るだけ、エレインは腹立たしく感じたものだ。

確かにラキスヴァデリは優秀《ゆうしゅう》だった。彼に追い付こうと考える訓練生などおらず、誰もが彼を敬意と憧《あこが》れと畏怖《いふ》をもって仰《あお》ぎ見た。ラキスヴァデリ・ストングレーは訓練生の頂点にいたのだ。何一つ悩《なや》みも迷いも苦しみもないような無表情で――

そんな中、エレインだけが彼を徹底的《てっていてき》に敵視した。

天才呪い師とか言われていい気になっていたとしても、努力することを放棄《ほうき》した者に付随《ふずい》する未来など高が知れている。

エレインは死に物狂いで努力した。

どうやってでも上に行ってやる。誰より優《すぐ》れた呪い師になって、今まで出会った人達を見返してやる――！

これ以上絞《しぼ》り出すものなどありはしないというところまで、エレインは己《おのれ》を削《けず》った。

それでも――エレインがラキスヴァデリにあの日の言葉を撤回させることは出来なかったのだ。

腹立たしい過去の記憶を掘《ほ》り起こしながら、エレインは穏《おだ》やかな表情を作って廊下《ろうか》を歩いた。

ヨーデリア王宮は一つの町ほどに広く、いくつかの区画に分かれている。

王族の住まう中央殿《ちゅうおうでん》、政治を行う行政所——様々な区画があるが、その中に王宮仕えの技術者の住まいであり仕事場でもある技術局という部署がある。

技術局は身分の低い者が出入りすることもあって、中央殿からやや外れた東側の端に存在する。

職種によって住まう建物は明確に分けられており、いくつもの建造物が立ち並ぶ真ん中に、王宮呪い師《ラグランフィルド》の住まいであり仕事場でもある『呪い師の館《ステルスワーカー》』が建てられていた。

大きな赤い煉瓦《れんが》造りの建物で、五階建ての館《やかた》の一階と二階が作業場、三階が執行部《しっこうぶ》および会議室、四階と五階が呪い師の住まいに充てられている。階級が高い呪い師は外部の屋敷《やしき》に住むこともあるようだが、多くの呪い師はこの館で暮らしているのだ。

エレインはその館の最上階北側に、小さな部屋をもらった。

地下もあって、そこは倉庫や資料室になっている。館の外には巨大《きょだい》な温室があり、様々な種類の植物が育てられていた。

館の三階にある呪い師長《フィルドオーリー》の執務室を後にしたエレインは、同じくこの春訓練所を卒業し、王宮呪い師《ラグランフィルド》となり、実行部第三班に配属された新人呪い師のユナと合流して、配属先である第三班の研究室に向かった。王宮の一角であるにもかかわらず、『呪い師の館《ステルスワーカー》』は技術者の職場だけあって華美《かび》な装飾《そうしょく》がなされていない。

「……緊張《きんちょう》するね」

隣を歩いていたユナが話しかけてきた。

「別にしないわ」

はっきり答えると、ユナは困ったように口を閉ざした。

口調がきつかっただろうか？　緊張よりも絶望感に打ちひしがれていたため反射的に否定の言葉が出てしまった。エレインは相手に合わせて相槌《あいづち》を打つことがあまり上手ではなく、しばしば物言いがキツイと言われてしまう。

エレインとユナはそのまま無言で階段を降り、二階の南側にある第三班の研究室へたどり着いた。大きな扉《とびら》を押《お》し開けた途端《とたん》――

「あの野郎《やろう》！　どこ行きやがった!!」

慣れ親しんだ薬草の匂《にお》いが鼻をつくと同時に、凄《すさ》まじい怒声《どせい》が響《ひび》きわたった。

エレインはぱちくりとし、隣にいたユナは彫像のように凍《こお》りついてしまう。

研究室をざっと見やると、横長の部屋の真ん中にはソファとテーブルのセットがあり、その右半分にはずらりと机が並べられ、左半分には本がぎゅうづめになった書架《しょか》や、煮込《にこ》んだ薬草の入った大きな鍋《なべ》、瓶《びん》がずらりと並ぶ薬棚《くすりだな》、薬草のはみ出した木箱、呪術陣《フィルディーン》の描かれた羊皮紙……物が溢《あふ》れて雑然としていた。

その間を十人程の呪い師達がばたばたと行きかっている。

「あいつ！　王冠《おうかん》どこやった!!　さっきまで鍋に入れてたろ！」

「持ち出したんじゃないでしょうねえ……国宝よ？」

「王冠紛失したらまずいですよね。怒《おこ》られますかね……」

何やら探し物をしているらしい彼らは、そこでようやくエレインとユナに気付いた。

「んん？　誰？」

「本日付でこちらに配属されてきました。エレイン・ハートネットです」

エレインが背筋を伸ばして名乗ると、隣にいたユナも慌《あわ》てて名乗る。

「ユ…ユナ・レオンノーラです」

たちまち彼らの表情が変わった。全員がぞろぞろとこちらへやってくると、エレインを取り囲む。

「はあ……お前さんが……」

「なるほど、こんな子だったんですね……」

まるで噂《うわさ》の珍獣《ちんじゅう》を眺《なが》めるような眼差《まなざ》しを注がれ、エレインは怪訝《けげん》な顔になる。

「……私をご存じなんですか？」

聞くと、中でも一番体格のいい、熊《くま》みたいな四十代頃の男がにやにやと笑った。

「もちろん。俺達はお前さんをよーく知ってるとも。あの野郎から嫌ってほど話を聞かされたからな。俺は第三班所属呪い師ブルドゥハラだ。よろしくな」

彼が名乗ったのを皮切りに、先輩《せんぱい》呪い師達は次々周りを押しのけて前に出ては名乗ってゆく。やたら主張が強くてクセの強い人達ばかりだなとエレインは思った。彼らに詰《つ》め寄られ、隣にいたユナなど完全に萎縮している。

「はい、みんな落ち着けー」

収拾がつかなくなった頃、一番奥にある机に着いていた人物が、ぱんぱんと手を叩きながら歩いてきた。一同はぴたりと口を閉ざす。

「ユナ君、エレイン君――ようこそ、我らが第三班へ。俺は班長のタランドだ。きみ達の直属の上司になる」

にこやかに笑うその若者は、二十代前半と思《おぼ》しき男だった。鮮《あざ》やかな金髪《きんぱつ》に明るい青の瞳《ひとみ》。精悍《せいかん》な顔立ち。派手というわけでもないのに妙に人目を引く存在感がある。

「ちなみに我らがタランド班長は、陛下の七番目のご子息に当たります」

　先輩の一人が手の平を上にしてタランドを示した。エレインは僅《わず》かに目を見張る。

「では、つまり……」

「王子殿下——ということですね。ですが、ここではただのしがない班長です」

「しがない班長です、よろしく」

　タランドは部下の言葉を真似《まね》てにこっと笑った。エレインはその笑顔を凝視《ぎょうし》する。王子——話に聞いたことはあったが、生まれて初めて見る人種だ。実のところ、エレインはお金持ちと身分の高い人間に対してかなりの偏見《へんけん》を持っている。

「よろしくお願いします」

　エレインとユナが同時に頭を下げると、タランドはユナに向かって言った。

「ええと……ユナ君、きみは今日からブルドゥハラ君の下についていて勉強してくれ。ブルドゥハラ君、ユナ君を頼んだよ」

「了解、班長」

　熊男ブルドゥハラが大声で応《こた》える。ユナはびくっと震《ふる》えて恐《おそ》る恐《おそ》る彼を見上げた。

「よし、ユナ！　俺が一から全部叩きこんでやる。ついてこい！」

　がははと笑いながらブルドゥハラはユナの手をつかみ、彼女を引きずって部屋から出ていった。

どこの人さらいだ……エレインが呆《あき》れてその後ろ姿を見送っていると、

「エレイン君、きみにも最初の仕事をしてもらおう」

「はい」

「ラキスヴァデリ君を捜し出してきてくれ。国宝の王冠に突然ひびが入ってね、凶《きょう》事《じ》の可能性もあるし、原因を突き止めるよう彼に頼んだんだ。そうしたら途中でいなくなってしまったんだよ。三十分前まではそこに寝転《ねころ》がって凶事の予知をしていたはずなんだけどね」

タランドは窓から陽《ひ》が差し込んでぽかぽかと温かそうな床を指す。

やや突っ込みたいところがないではなかったが、エレインはそれを聞き流した。

「きみがこれから彼の補佐《ほさ》をすることは聞いているよね？　今どういう状況なのか確認したいから、彼を捜してきてほしい」

「頑張《がんば》ってね、噂の子羊ちゃん」

横を通り過ぎた女性の呪い師が軽《かろ》やかに言った。

「同情するわ。前の補佐役なんて、彼の起こした騒動《そうどう》の尻拭《しりぬぐ》いに追われて胃に穴が空いちゃったんだから！」

「ちなみにここ最近で一番大きな事件は、『大臣のカツラ焼失事件』ですかね」

「『陛下の尻丸出し事件』の方が重大だろ！」

「『後宮倒壊《とうかい》事件』は……けが人も出なかったし、むしろ小事？」

「だよなー」

先輩呪い師達は口々に言った。

「じゃあエレイン君、ラキスヴァデリ君を捜《さが》して……」

「タランド殿下、部下として一つ進言してもよろしいでしょうか？」

タランドの言葉を遮《さえぎ》ってエレインは毅然《きぜん》と顔を上げた。

「何かな、エレイン君」

「ラキスヴァデリ・ストングレーを、班長の権限でクビにするべきです」

言った途端、班員達がいっせいに口をつぐむ。

目の前で目を丸くしていたタランドは、ふっと息を吐《つ》いて腰に手を当てた。

「それは出来ないよ」

「何故《なぜ》ですか？」

「彼が——ラキスヴァデリ・ストングレーだからだ」

その言葉に、今度はエレインが口を閉ざす。

「諦《あきら》めて彼の補佐を務めてくれ、エレイン君。最初の仕事は彼を捜し出すことだ。きみはこれから、就業時間中常に彼の行動を把握《はあく》しておかねばならない。言いたいことは色々あるだろう。きみの気持ちは痛いほど分かる。だが、俺から言えることは一つだ。がんばれ！　以上だ！」

エレインは上手《うま》く表情を作れず頬《ほお》の端《はし》をひきつらせた。

神に見捨てられたかとでも思いたいくらいだが、生憎《あいにく》エレインは元から神などにすがる性質《たち》ではない。

エレインはぎりっと歯噛《はが》みし、一つ大きく深呼吸をした。

目の前にあるもの全てを捻《ね》じ伏《ふ》せて上に行くと決めたのじゃないか。ならばこの程度の悪夢など踏《ふ》み躙《にじ》ってみせねばなるまい。

「了解しました。ラキスヴァデリ・ストングレーを締《し》め上げて……間違《まちが》えました。捜《そう》索《さく》してきます」

ぴんと背筋を伸ばして力強く言うと、エレインは興味津々《しんしん》でこちらを見ている同《どう》僚《りょう》達を置いて研究室を出ていった。

仕事の初日からどうして自分がこんなことを……込み上げてくる腹立たしさを推進力に変えてエレインは歩調を速めた。

さて――久々に彼の行動の傾向《けいこう》を思い返してみるとしよう。

足早に歩きながら思案する。

ラキスヴァデリ・ストングレーの好きなもの。好む場所。天候によって変わる行動。

思い出せ。自分よりあの男の行動を熟知している人間は他にいない。

うんざりする事実を認め、エレインは記憶をたどる。

廊下《ろうか》の窓から外を見た。季節は春だ。天候は晴れ。所々に泳ぐ雲も輪郭《りんかく》がはっきりしていて、周囲の青を際立《きわだ》たせている。けれど、まだ午前中とあって日差しはあまり強くない。さっきまでは寝転がっていた――とタランドが言っていた。あの角度からなら空が見えただろう。青空を眺め、彼は何を思っただろうか？

ぴたりと足を止めて熟考し、エレインは館《やかた》の屋上へ続く階段を上った。

館は三角屋根だが、一か所が平たい屋上になっている。そこへ出る扉を開け放つと、ひょうと風が吹《ふ》き抜《ぬ》けた。

一瞬目を閉じ、ゆっくりと開くと――正面の屋上の縁《へり》に一人の男が座りこんでいた。

一度大きく息を吐き、エレインは彼の真後ろまで歩み寄る。

「ラキスヴァデリ先輩」

声をかけると、彼――ラキスヴァデリ・ストングレーは、座ったまま振《ふ》り返った。

全く感情の感じられない完全な無表情がエレインを見上げる。アイスブルーの瞳は文字通り氷のようだ。軽く首を傾《かたむ》けると、アッシュグレーの髪が風に揺《ゆ》れた。本当に相変わらず……ムカつくほど綺麗《きれい》な顔をしている。美男子——という言葉がぴったりと当てはまる人物だった。座っていて分かりにくいが、立ち上がるとかなり長身であることをエレインは知っている。しかし体格がいいわけではなく、たくましさとは無《む》縁《えん》の、どことなく儚《はかな》げな印象を感じさせる男だ。

だが——この男が儚いなどという可愛《かわい》げのある言葉で飾《かざ》れる男ではないことも、エレインはまたよく知っていた。

「お久しぶりです、先輩。訓練所ではお世話になりました。エレイン・ハートネットです。本日付で王宮呪い師《ラグランフィルド》第三班に配属され、先輩の補佐を——」

「エレイン下がって」

エレインの言葉を遮ってラキスヴァデリは言った。意図が分からずエレインが眉《まゆ》をひそめていると、彼は突然立ち上がって手を伸ばし、エレインを抱《だ》き上げた。

「ちょっ……何してるんですか！」

エレインは思わず、質問ではなく非難の声を上げる。

しかしラキスヴァデリは答えることなくその場から数歩離れた。

そこでエレインは、初めて自分が立っていた場所に薄《うす》いインクで美しい図形が描《えが》かれていることに気がついた。

――呪術陣――!?

「いい子だから耳を塞《ふさ》いでじっとしているように」

ラキスヴァデリはエレインを抱き上げたまま言うと、小脇《こわき》に抱《かか》えていた物をぽいと陣の中心に放り投げた。ガランと音を立てて転がったのは、金色の台座に宝石のちりばめられた装飾品《そうしょくひん》――王冠《おうかん》だろうか――?

目を凝《こ》らすと同時に突如《とつじょ》空が曇《くも》った。はっと見上げると、屋上の上に集まった黒雲からバチバチと稲光《いなびかり》が発生している。

「来るよ」

ラキスヴァデリはエレインを自分の腕の中にきつく抱え込んで告げた。その言葉が合図であったかのように、雷《かみなり》が呪術陣とその中央に転がる王冠に直撃《ちょくげき》し、凄《すさ》まじい雷鳴《らいめい》が轟《とどろ》いた。

目を見開いて硬直《こうちょく》しているエレインを降ろし、ラキスヴァデリは陣の中央へ近付く。呪術陣の上には粉々に砕《くだ》かれた王冠が散らばり、その上空にはバリバリと音を立てる雷の塊《かたまり》のようなものが浮《う》かんでいた。空気が焼け焦《こ》げそうな熱量と、凄まじい圧迫《あっぱく》感《かん》——雷の精霊《せいれい》だ。初めて目《ま》の当たりにするその存在感に、エレインは圧倒《あっとう》される。

「さあ、気が済んだなら自分の居場所に帰るんだ」

ラキスヴァデリが手を伸ばすと、雷の精霊は一際強く電撃《でんげき》を放《はな》った。しかし彼は顔色一つ変えることなく雷の塊に手を触《ふ》れる。手の平に描かれていた模様がカッと光り、雷を抑《おさ》え込んだ。ラキスヴァデリはビリビリと電撃を発するそれを平然と撫でてやる。何の感情も垣間《かいま》見られない無表情なのに、その手つきは愛《いと》おしんでいるように優しい。

「綺麗な精霊だろう？　エレイン。だけど近付いたらダメだよ。この子は王宮が気に入らなくて少し機嫌が悪い。近付いたら殺されるかもしれないからね」

彼はエレインをちらと見やって言った。抑え込まれたままひとしきり撫でられると、精霊は雷撃《らいげき》を収めた。ラキスヴァデリが手を離すと、精霊は空気を響《ひび》かせながら天空へと飛び去る。後には静寂《せいじゃく》が訪《おとず》れた。ラキスヴァデリはこちらへ体を向けた。

「先週あった王室主催《しゅさい》の鹿狩《しかが》りで精霊の怒《いか》りを買ったらしい。縄張《なわば》りを荒《あ》らしてしまったみたいだ。王冠のひびはその前兆だな。けど、その王冠は形代《かたしろ》に使ったからもう大丈夫だろう」

エレインは粉々になった王冠の破片を見やり、『王冠粉砕《ふんさい》事件』の名が新たな彼の行状として書き加えられたと思った。

　この人は全然変わっていないのだな……エレインは目を細める。

　ラキスヴァデリは変人だ。行動は突飛で意味不明。だが――彼のやることにはいつも必ず意味があり、彼は必ず結果を出す。ただ、そこに思いもよらない被害《ひがい》がくっついてくるだけだ。例えば国宝の破壊《はかい》などという――

「先輩《せんぱい》、何故誰にも相談せず独断でこんなことを――？」

「時間がなかったからだ。それに、相談したところで結果は変わらないだろ？　僕より早く動ける呪い師はいなかった。怒りを買った人達が死んだ方がよかったのか？」

「そんなことは言ってません。ですが、何もこんな高価なものを使わなくてもよかったじゃないですか」

「？　分からないな。モノはモノだろう？」

　ラキスヴァデリは腕組みして首を捻《ひね》った。

　何にも頓着《とんちゃく》しないその無表情を見て、エレインは苦々しげに言った。

「先輩は……相変わらず腹の立つ人ですね」

「ストングレー君に物の価値を問うほど無意味なことはないでしょう」

　かつてそう言ったのは訓練所の教官だった。

「彼は国中探しても五指に満たない特別な瞳《ひとみ》――解析眼《メルタ・イーダ》の持ち主ですから」

教官は穏《おだ》やかに言葉を重ねた。

「ハートネット君、世界を構成しているものが何か分かりますか?」

「極小単位で言うなら元素によって描かれた図形、『呪《フィー》』――です」

エレインが習った知識で答えると、教官は満足げに頷《うなず》いた。

「そうですね。世界を分解すると『呪』になります。もちろん人間もそうです。私達は図形で出来ている。その図形を描き換《か》えて現象を引き起こすのが呪《まじな》いです。しかし、この『呪』は人の目にはほとんど見えないのです。当たり前ですね。見えたら物質を物質として認識出来なくなります。世界の全てが図形として見えるなんて、こんな大変なことはない。我々呪い師は常人より遥《はる》かに『呪』を目視することが出来ますが、それでも見えるのはごくごく一部に過ぎません。それでいいのです。けれど――この『呪』を完全に目視出来る人間が稀《まれ》に存在します。それが解析眼《メルタ・イーダ》の持ち主なのです。ストングレー君の目に、物質は全て平等な図形として見えているのですよ。その図形の美しさ以上の価値を問う意味などありません」

そこで教官は僅《わず》かに間を空けた。

「……解析眼《メルタ・イーダ》の持ち主は万能です。私達が様々な道具と薬剤《やくざい》と呪術陣を用いてようやく一部を解析《かいせき》出来る世界の構造を、一瞬で理解することが出来るのですから」

「万能だなんて……大げさです」

反感を覚えてエレインは言い返した。

「おや……では、きみの目に映るストングレー君はどんな人ですか」

「意味不明な変人です。一緒《いっしょ》にいると腹が立ちます」

それを聞いた教官はくすっと笑った。

「きみの気持ちは分かりますよ。私もね、実は彼が好きではありませんから」

そう言われ、エレインは固まった。教官がそんなことを言うとは夢にも思っていなかったので、どう反応していいのか分からなかったのだ。

「正直——彼を好ましく思っている教官は訓練所に一人もいないでしょうね。私は彼に講義をしていると酷《ひど》く惨《みじ》めな気持ちになるのですよ。自分が彼に何を教えると？

私は彼を前にして物を語ることが、恥《は》ずかしくて仕方ありません」

幾重《いくえ》にも言葉を重ねられ、エレインは今までに感じたことのない類《たぐい》の不快感を覚えた。それがどんな感情に基《もと》づくものなのか判然とせず、エレインは黙《だま》りこむ。

「私はね……そう感じる度《たび》、彼を気の毒だと思うのです。訓練生に平等であるはずの教官からこんなことを思われているなんてね……。私は心底思いますよ、彼のように生まれなくてよかった――と」

その瞬間、エレインは怒鳴《どな》りそうになった。とはいえ、それは一瞬の激情で、過ぎ去ってみれば自分が何にどう怒鳴りたかったのかも分からなくなっていた。覚めた途《と》端《たん》に忘れてしまう夢のような一瞬だった。

「先生――私は、先輩を特別だなんて思いません。私はラキスヴァデリ先輩を追い抜《ぬ》いて、先輩がどう足掻《あが》いても届かないくらい出世して、鼻で笑ってやるんです」

エレインは強い決意を込めてそう宣言した。

それなのに……今でもエレインは彼に届いていないのだ。


エレインが睨《にら》むようにじっと見つめていると、ラキスヴァデリは不意に手を伸ばして頭に手をのせてきた。驚《おどろ》くエレインの頭の上で左右によしよしと手を動かす。撫でられているのだと理解するのに数拍《すうはく》要した。一瞬その感触《かんしょく》を久しぶりだと思いながらも、すぐに払《はら》いのける。

眉を寄せるエレインをじっと見つめ、彼はぽつりと言った。

「……エレインは相変わらず可愛いな」

突然何を言うのかと面食らい、エレインは怪訝《けげん》な顔で考える。可愛い――？　どういうつもりだろうか？　可愛い＝幼い＝頼《たよ》りない――!?

「私が相変わらず未熟で頼りにならないひよっこだと言いたいんですか？」

「いいや、エレインは相変わらずハイエナかハゲタカみたいにがつがつしてる――と言いたかっただけだ」

ピシッ……と、自分の精神にひびが入る音をエレインは聞いた。

「……悪かったですね……がつがつしてて」

「別に悪くない。ハイエナになろうがハゲタカになろうが豚《ぶた》になろうが猿《さる》になろうがハエになろうがゴキブリになろうが――エレインは可愛い」

断言されてエレインはカッとなる。がつがつしていてのろまで頭の足りない無価値な呪い師――そう言われた気がしたのだ。

「だからエレイン」

「……何ですか？」

「可愛い後輩の就職祝いに、美味《おい》しい美味しいマッキー屋のキャラメルパイを買ってあげよう」

その言葉にエレインは思わず目を丸くしてしまう。

懐《なつ》かしさと驚きで屈辱感《くつじょくかん》が薄らいだ。

訓練生時代も、ラキスヴァデリはエレインによく甘いものを食べさせようとした。エレインが、甘いものは高価だからあまり食べたことがない——と言ったからだ。甘いものに目がない彼はそれが衝撃《しょうげき》だったらしく、様々な種類の甘いお菓子《かし》をエレインのもとへ持ってきた。そんなことを今でも覚えていたのか……

「一緒に行こうか」

「……行きません」

エレインは一瞬の躊躇《ためら》いを覚えたものの、厳しい表情で答えた。

「仕事中です。研究室に戻《もど》って、先に報告をしてください」

雷の音を聞いてみんな驚いているはずだ。人が集まってくるかもしれない。エレインは踵《きびす》を返して屋上から建物に入ろうとする。

「エレイン」

呼ばれて振《ふ》り返ると、ラキスヴァデリが無表情のまま佇《たたず》んでこちらを見つめていた。

「今でも本気で僕を追い抜きたいと思ってる？」

穏やかに問われ、エレインはぐっと腹に力を入れた。

「もちろん本気です。先輩なんて踏《ふ》み台にして私は上へ行くんです」

今まで何度も口にして未《いま》だに叶《かな》っていないその言葉を、改めて宣言する。しかし、

「無理だよ」

ラキスヴァデリは静かな口調で断言した。ゆっくり歩いてくると、微かに体を傾けて顔を近付ける。

「絶対抜かせないから。だからエレインは大人しく、僕の下にいればいいよ」

間近で言われ、エレインは硬直《こうちょく》した。そんなエレインを無表情で見下ろし、ラキスヴァデリはもう一度エレインの頭を撫でた。

「じゃあ行こうか」

最後にそう言うと、ラキスヴァデリは屋上の扉《とびら》を潜《くぐ》った。

エレインはしばしその場に立ち尽《つ》くし、怒りと屈辱に体を震《ふる》わせた。

この世で一番嫌いなものは何かと聞かれたら、エレインは即答《そくとう》出来る。

それはラキスヴァデリ・ストングレーだ！

あんな男――いっぺん死んで生き返ってもう一度死んでしまえ!!

第二章　傍迷惑《はためいわく》な呪い師《フィリーウィード》

親愛なるミシェルへ

緑の綺麗《きれい》な季節になってきましたね。お姉ちゃんは毎日王宮で頑張《がんば》ってお仕事をしています。そちらはどうですか？　淋《さび》しくしていませんか？

さて、今日はとっても嫌なお話があります。お姉ちゃんはこの度めでたくあの男の補佐役《ほさやく》になりました。あの男って誰の事だか分かりますよね。お姉ちゃんがこの世で一番嫌いなアレです。悪夢のような毎日の中、お姉ちゃんはくじけず頑張っています。

本当にどうしてあんな腹の立つ男が存在するのでしょうね。彼はいつもお姉ちゃんに嫌なことを言います。お姉ちゃんの顔を見ては、豚だの猿だの岩だのと、酷い暴言ばかりを吐《は》くのです。あの男はきっとお姉ちゃんが嫌いなのだと思います。出世に囚《とら》われて、がつがつしていて、意地汚い呪い師だと軽蔑《けいべつ》しているのでしょう。別に嫌われたって構いません。お姉ちゃんにはミシェルがいるからいいんです。ミシェルさえいてくれれば、他の誰に嫌われたってどうってことはないんです。

来月のお誕生日には会いに行きますから待っていてください。とびきりのプレゼントを持っていきますからね。

四月二十六日　エレイン・ハートネット

王宮仕えを始めて半月ほど経《た》った昼下がり――

「エレイン君、ラキスヴァデリ君がいなくなった」

別の部署まで書類を運んで戻ってきたエレインに、班長のタランドが渋面《じゅうめん》で言った。

「頼《たの》んだ仕事が気に入らなかったらしい。儀典部《ぎてんぶ》から町の春祭りに使う呪術陣《フィルディーン》の仕上げを依頼《いらい》されたんだが……ラキスヴァデリ君に任せたら竈《かまど》に捨てられた」

彼は羊皮紙の燃えカスを持ち上げる。エレインは燃え残った陣を見て顔をしかめた。

「……酷いですね」

「そう、酷いだろう？　だが、これは儀典部長の息子《むすこ》が描《か》いた陣だったんだ。あんまり機嫌を損《そこ》ねたくない」

「……分かりました。連れ戻して復元させます」

エレインはため息をついてタランドを見上げた。

最初は王子というだけで内心偏見《へんけん》を持っていたエレインだったが、この数日で見方は変わっていた。タランド王子は亡《な》き母親が庶民《しょみん》の出身らしく、王宮内での立場は弱いのだという。それゆえ、己《おのれ》の力で生きていくため呪い師になったのだとか……

それを聞いたエレインは、王子などという何の苦労もなさそうな頂点の身分に生まれながら、自分の力で生きているタランドに敬意を感じたのだ。

「五分で戻ります」

きっぱり宣言すると、カッと踵《かかと》を鳴らしてエレインは研究室を出ていった。

歩きながら考える。今日は金曜日だ。時間は昼の一時。突然いなくなった……？

「……マッキー屋？」

エレインははっと思いつき、すぐさま廊下《ろうか》を駆《か》け出した。

『呪い師の館《ステルスワーカー》』から出て城門へ続く庭園を走っていると、道を歩く後ろ姿《すがた》を発見する。

エレインは走る速度を上げてその人物に追い付くと、膝裏《ひざうら》を思い切り蹴《け》飛《と》ばした。

その人物――ラキスヴァデリは無言でばたーんと倒れる。

「先輩《せんぱい》、帰りますよ」

エレインはラキスヴァデリの首根っこをつかまえて、研究室まで連行した。

「ラキスヴァデリ君、頼むよ」

タランド班長が研究室のソファに向かい合って座り、ラキスヴァデリに言った。

「燃やした呪術陣を復元してくれ。きみなら出来るだろう？」

「断る。あんな下手糞《へたくそ》で汚い陣は描きたくない」

ラキスヴァデリはソファに深く腰掛け、妙に乾《かわ》いた声で言った。

そう――彼の言う通りだ。燃えカスを見たエレインも思った。これは酷い――と。

焼け残ったのは王宮呪い師《ラグランワイルド》が描いたとは思えない呪術陣だ。

「……確かにあの陣は下手糞で汚い。だから、きみに仕上げを頼んだんじゃないか。世の中にはね、コネとかしがらみとか立場とか裏表とか……色々あるんだよ」

タランドは辛抱《しんぼう》強く言う。けれどラキスヴァデリは不思議そうに聞き返した。

「……それは、呪《まじな》いが美しくあることより価値があるものなのか？　呪い師の役割は、ただ美しい呪いを行って人に喜ばれる――それだけだ。それ以上に大事なものがあると思うなら、タランドは今すぐ王子様という職業に戻るといい」

その言葉を聞いた瞬間、ソファの近くに立っていたエレインは自分が言われたような気がしてカッとなった。思わず足を踏み出して声を張る。

「先輩！　班長だって、仕方なく引き受けた仕事なんですよ！」

エレインがタランドを庇《かば》った途端《とたん》、部屋の中にいた同僚《どうりょう》達に何故《なぜ》か奇妙な緊張《きんちょう》が走った。ラキスヴァデリがこちらを見上げて首をかしげる。

「……エレインはタランドに好意的だな」

「自分の上司に好意的で何が悪いと？」

「家柄《いえがら》のいい人が嫌い——と、前に言われた記憶があるんだが？　なのにタランドのことは好きなの？」

いったい何の話だろうかとエレインは首を捻《ひね》ってしまった。

「生まれがどうであれ、班長は尊敬出来る人だということです」

「好き嫌いの問題に、尊敬を持ち出すのは無粋《ぶすい》だ」

「なら好きです」

意味不明が過ぎるなと思いながらも断言する。

「おおっと……エレイン君、それは問題発言だよ」

タランドが困ったように言った。

「僕もタランドのことは好きだけどね……」

何だかラキスヴァデリはつまらなそうな相槌《あいづち》を打った。タランドが呆《あき》れ顔になる。

「何でこっちに告白してるんだい！　相手が違《ちが》うだろう？」

「とにかく先輩、仕事をしてください」

エレインは強い口調で諭《さと》した。

「断る。あんな下手糞な陣を復元するなんて無意味だ。この世に生み出される呪いは、どんなものであれ美しくなければならない」

「どうしても？」

ぐっと身を屈《かが》めて顔を近付けつつ、エレインは確認する。

「どうしてもだ」

「……分かりました」

エレインはそう言うと、自分の机の引き出しからとあるものを取り出してきた。

それは手の平にのるくらいのぬいぐるみだ。

「ああ、ポルッピンじゃないか」

今まで無表情で淡々《たんたん》と話していたラキスヴァデリが、やや声を弾《はず》ませる。

「……ポルッピン？　誰？」

タランドも、同じ部屋の中で成り行きを見守っていた他の同僚達も、同時に怪訝《けげん》な顔をした。エレインはぬいぐるみの頭をむんずとつかんで目の前に掲《かか》げる。

「彼の名前はポルッピン。ポロロン村に住む勇敢《ゆうかん》なるタマネギの妖精《ようせい》です」

「？　タマネギ？」

「勇敢なる……タマネギ？？」

聞いている同僚達は何とも言えない変な顔をする。

「あ！　知ってるわ。巷《ちまた》で人気の、『ポロロン村大冒険《だいぼうけん》』の登場人物ね！」

女性呪い師の一人がぽんと手を叩《たた》いて声を上げた。エレインは真面目《まじめ》な顔で頷《うなず》く。

「大人気絵本『ポロロン村大冒険』。ポロロン村に住む沢山《たくさん》の登場人物達が繰《く》り広げる愛と勇気に満ちた冒険譚《ぼうけんたん》。子供から大人まで多くの読者を魅了《みりょう》し、王都でも話題沸騰《ふっとう》中です。その登場人物の一人、ポルッピンの限定ぬいぐるみ。ポロロン村が大好きな先輩はよく持ち歩いていましたね」

そしてお気に入りのくせにしょっちゅう落とすのだ。しかも何故かいつもエレインがそれを発見する羽目になっていた。苦酸《にがず》っぱい思い出だ。

「先日廊下で落ちているのを発見しました。先輩のポルッピンですね？」

その問いに答えるかのごとく、ラキスヴァデリは手の平を上に向けた腕をこちらに伸ばしてきた。しかし――エレインは彼から離れて手近な机からハサミを取ると、ポルッピンの首に切っ先を突《つ》き付けた。

「先輩がどうしても仕事をしないというのなら……」

そこで一回シャキンと刃《は》を鳴らし、

「彼の首を切り落とします」

エレインは無情に告げた。

「なっ……早まるな、エレイン！　ポルッピンに罪はない！」

ラキスヴァデリは無表情ながら慌《あわ》てた声を出す。

「だったら青臭《あおくさ》いことぬかしてないで、仕事をしてください。そうすればポルッピンは無傷でお返ししましょう。それから先輩には、マッキー屋の焼きたてチョコベリーパイを買ってきてあげます。それが食べたかったんでしょう？」

毎週金曜日の二時半に、マッキー屋で限定百個のチョコベリーパイが焼かれる。ラキスヴァデリが先週もそれを買いに出かけたことを、エレインは知っていた。

「さあ、先輩。選んでください。ポルッピンの命か——自分の意地か——」

ポロロン村と甘い物。ラキスヴァデリがこの世で一番好きなものはその二つ。それを餌《えさ》にすれば彼が動くということをエレインはよく知っていた。

ラキスヴァデリはそんなエレインをじっと見上げてしばらく考え込んだ後、目の前に座っているタランドに視線を移した。

「タランド、紙とペン」

「ラキスヴァデリ君、きみって人は時々俺が上司だってこと忘れていないかい？」

小さな笑みを浮《う》かべてそう言うと、タランドは自分の机まで歩いて羊皮紙とペンを持ってきた。

「悪いね、頼むよ」

ラキスヴァデリはそれを受け取り、羊皮紙に下手糞で汚い図形を描き始める。

「がはははは！　すげえな、エレイン！　ラキスがここまで素直に人の言うこと聞くとこなんざ、俺は初めて見たぞ」

先輩《せんぱい》呪い師のブルドゥハラが突然豪快《ごうかい》に笑い出した。

「さすがですね。あのあだ名は真実だと言わざるを得ません」

先輩達に次々と言われ、エレインはぎょっとした。まさか――

「……知ってるんですか？　あのあだ名」

「おうよ、お前さんが訓練所で何て呼ばれてたか、みんな知ってるぞ」

やや意地悪げに笑いながら、ブルドゥハラはせーのと声を発した。

「「ラキスヴァデリの取扱《とりあつかい》説明書！」」

不名誉《ふめいよ》なあだ名を同僚達に呼び上げられ、エレインは仰《の》け反《ぞ》った。

数分後、第三班の呪い師達は全員食い入るようにラキスヴァデリの手元を見つめていた。そこには描き始めた時の下手糞で汚い図形など影《かげ》も形もない。いや、確かにそれは残っているはずなのに、描き足された線によって全く別の美しい紋様《もんよう》へと様変わりしていた。描き終わったラキスヴァデリはいかにも不満げなため息をつく。

「……出来た」

「ありがとう！　ラキスヴァデリ君！　きみは素晴らしいよ！」

タランドが感動したようにラキスヴァデリの手をがしっと握《にぎ》った。

「……こんな呪術陣で春の祭りを執《と》り行う町が可哀想《かわいそう》だ」

ラキスヴァデリはぽつりと言った。

「きっと一年がかりで用意して、大人も子供もみんな楽しみにしているんだろう。呪い師の描く呪術陣は、それを望む人に喜ばれるものでなければいけない」

彼は無表情で低く呟《つぶや》く。

こういうところ、昔から変わらないんだな……エレインはそう思った。これだけ傍《はた》迷惑《めいわく》な人であるにもかかわらず、ラキスヴァデリは人の喜ぶ姿が好きなのだ。

「この陣は綺麗《きれい》です！　私が祭りの参加者だったらきっと感動します」

エレインは思わず声を上げていた。ラキスヴァデリはぱちくりとし、他の人達はしんとする。エレインは、はっとして言い繕《つくろ》った。

「……別に、これはただの客観的意見ですが……」

「エレイン……」

ラキスヴァデリがじっとこちらを見つめて呼んできた。

「……はい？」

「ずっと言おうと思っていたことがある。エレイン……うちの子にならないか？」

その途端エレインは眉《まゆ》を寄せ、周囲の班員達はざわっとした。

うちの子……？　とは、どういう意味だろうか？

「二年間会えない間、ずっと考えてた。僕はエレインのわがままを叶《かな》える人間になりたいんだ。ほしいものなら何だって手に入れてあげるし、お願い事があるなら何でも聞いてあげるよ。だから、うちの子にならないか？」

丁寧《ていねい》に言葉を重ねられ、エレインは愕然《がくぜん》とする。それってまさか——

「私が貧しくて可哀想だから、情けをかけてやろうというんですか!?」

キッと目をつり上げたエレインに、ラキスヴァデリは小首をかしげる。

「いいや、僕はエレインの抜《ぬ》けてるところがすごく好きだ——と言ってるんだよ」

「……悪かったですね、馬鹿《ばか》で。私は先輩のそういうところが世界一嫌いです」

見る見るうちに険悪な表情に変わったエレインは、怒《いか》りに任せて背を向けると研究室を出ていった。


エレインが立ち去ると、ラキスヴァデリは自分の机に戻ってばたりと突っ伏《ぷ》した。

「ラキス、お前なー……最後の最後であれはねえわ」

「そうねえ、『抜けてる』は余計よね」

「それにしてもエレイン……鈍感《どんかん》なヤツだな。むしろそっちにびっくりしたわ」

口々に言う同僚《どうりょう》達の言葉を聞いているのかいないのか……ラキスヴァデリは顔を伏せたままため息まじりに呟いた。

「あー……可愛《かわい》い……」

——また始まった——と、一同は思った。

「エレインが可愛すぎてどうしよう……」

——お前の頭がどうしようだよ——と、一同は思った。

「タランド……」

ラキスヴァデリは顔を横に向けて、少し離れた席にいる上司に呼びかけた。

「エレインはどうしてあんなに可愛いんだ？」

――そんなこと知るか――と、タランドは思った。

「世界一嫌いとか言われてたみたいだね」

「人は自分と違《ちが》うものに拒絶《きょぜつ》反応を示す。だからエレインは僕が嫌いなんだろう」

そう言って、ラキスヴァデリは自分の胸元をぐっと握った。

「それなのに――世界一嫌いで追い抜きたいはずの僕が描いた陣を、あそこまで素直に褒《ほ》めてしまうほど抜けてるエレインが、僕は世界一好きだ」

――頼《たの》むからそれは本人に直接言ってくれ――と、その場の全員が切望した。

「ハゲタカやハイエナみたいに獲物《えもの》を狙《ねら》う姿が凛々《りり》しいところも……昔飼ってた子豚《こぶた》のピッピみたいに愛くるしいところも……どんな境遇《きょうぐう》でも諦《あきら》めない不屈《ふくつ》の精神がゴキブリ並みに逞《たくま》しいところも……全部好きだ。僕はいつも心を込めてそう褒めているんだが、エレインは褒めると怒《おこ》る。何故《なぜ》だ？」

――それはお前、ほぼ悪口だよ――と、その場の全員がげんなりした。

「ああ……だから僕はエレインが好きなのか……」

ラキスヴァデリは机に頬《ほお》をつけたまま呟いた。

「どれだけ世界を知ろうと、人の心は覗《のぞ》けない。自分と違っていて理解不能だから、僕はエレインが好きなんだろう」

――そんなの本人が聞いてないところで言っても意味ないだろ――と、その場の全員がうんざりした。

「お前なあ……そんなに好きなら、好きだ！　俺の女になってくれ！　がばーっとかやっちまええよ、さっさと」

「……そんなことが許されるわけないだろう。これでも僕は紳士《しんし》だ」

「だったらさっさと追い抜かれてしまったらどうだい？　そうすればエレイン君はきっときみに突《つ》っかからなくなるよ」

しかしラキスヴァデリは顔色一つ変えずに言い返す。

「好きな女の子に追い抜かれたい男がいると思うか？」

それを聞いてタランドは肩をすくめた。

「……ラキスヴァデリ君、きみは本当に扱《あつか》いづらいよ。エレイン君はよくもまあ、きみを放り投げることなくつきあっていられると感心するな」

「……だから僕はエレインが可愛いんだ」

ラキスヴァデリは机に顔を伏せて悩《なや》ましげなため息をつく。

「本当にどうしてエレインはあんなに可愛いんだ……」

話が最初に戻《もど》ったところで、その場の全員は無我の境地に至った。

『呪い師の館《ステルスワーカー》』の一階には食堂がある。この館《やかた》で暮らしている呪い師は全員いつでも好きなだけ食べられるようになっているのだ。

エレインは仕事を一段落させると食堂へやってきた。木目を生かした単純な作りのテーブルがずらりと並んだ食堂は、温かみがあってなんだかほっとする。厨房《ちゅうぼう》へ頼んだ蜂蜜《はちみつ》とミルクをたっぷり入れた紅茶を持って、食堂の端《はし》にあるテーブルまで歩いていると、

「エーレーイン！」

鈴《すず》を鳴らした愛らしい声が響《ひび》くと同時に、背後から柔《やわ》らかな腕で抱《だ》きつかれた。がくんと体を傾《かし》がせ踏《ふ》み止《とど》まり、首だけで後ろを向く。エレインに抱きついて肩口《かたぐち》に顔をのせているのは、声に似《あざ》つかわしい可憐《かれん》な娘だった。

やや目じりの下がった瞳《ひとみ》は鮮やかな苺色《いちごいろ》で、ふわりとした甘い巻き毛は蜂蜜色をしている。桜桃色《おうとういろ》の口紅を塗《ぬ》った蠱惑的《こわくてき》な口元は弧《こ》を描《えが》き、柔らかな肉を纏《まと》った腕を

エレインにまとわりつかせていた。

「リディ」

と、エレインは彼女の名を呼んだ。その娘はエレインの訓練生時代の同期で、この春から同じ王宮仕えの呪い師になったリディ・マインハットだった。歳《とし》も同じ彼女はエレインにとってこの世で唯一《ゆいいつ》の友人といえる相手だ。

「久しぶりー。私、五班に配属されたの。全然会えないねー？」

リディは甘い声で言いながら、抱きついたままエレインに頬ずりした。

「リディ、紅茶が落ちる」

うっかり語調がきつくなるが、リディは意に介《かい》さず目を輝《かがや》かせた。

「ねえねえ、ラキスヴァデリ先輩《せんぱい》の補佐《ほさ》になったたって本当？」

エレインの背中から離れ、愛らしい顔で笑いかけてくる。

その名を出されて先程の怒りを思い出したエレインは、思わず顔をしかめた。

「……本当よ。あと一月《ひとつき》もしたら、私の頭の血管は一つ残らず切れてしまうから」

冷ややかに言いながら、エレインはリディと並んで近くのテーブルまでたどり着く。

向かい合って腰を下ろし、ぶつくさと文句を言った。

「さっきだって、可哀想だからうちの子にしてあげるとか、抜けてるところがみっともないとか言われたのよ。腹が立ってあんまり憶《おぼ》えてないけど」

「え、うちの子……？」

リディがその言葉に反応した。

「酷《ひど》いと思うでしょう？」

同意を求めるエレインに、リディは一瞬考える目をしてふわりと笑った。

「そうだね、どっちが――とは言わないけど酷いね。やっぱり先輩とエレインは相性がよくないんじゃない？」

「先輩と相性のいい人間なんてものがいるなら見てみたいわよ」

エレインが言った時、穏《おだ》やかだった食堂の中に突然黄色がかった歓声《かんせい》が上がった。

「きゃあ！　ラキスヴァデリ様だわ」

「こっち向いてくれないかしら。ラキスヴァデリ様ー！」

女性達の高い声に引かれてエレインは首を巡《めぐ》らせ、食堂の入り口によく知った男の姿を見つけた。彼女達の声の通り、そこにはラキスヴァデリがいた。彼は少し歩いたところでエレインに気付いたらしく、急に方向を変えてこちらへ近付いてきた。

回れ右して出ていけ――とエレインは思った。

「あ、ラキスヴァデリ先輩！」

甘く高い声で呼んだのはリディだった。

ラキスヴァデリが歩いてくるのを見て、周りの女性呪い師達はきゃあきゃあと華《はな》やかな声を上げた。彼女達はキラキラと輝く瞳でラキスヴァデリの動きを追い、時々遠くから声をかける。ラキスヴァデリは名を呼ばれるとそっちを向き、軽く持ち上げた手の平を握《にぎ》ったり開いたりして応《こた》えてみせた。すると彼女達は益々《ますます》歓声を上げる。

「ラキスヴァデリ様ってば、可愛い〜！」

すごいなとエレインは思った。

ラキスヴァデリの容姿はずば抜けて人目を引く。おまけに呪い師にとっては憧《あこが》れの的であるストングレー伯爵《はくしゃく》家の子息。訓練生時代も彼が周囲の女性の視線を引きつけたことをエレインはよく憶えていた。しかし、すごいと思ったのはそこではなく、ここまで騒《さわ》ぎ立てながら、誰一人ラキスヴァデリに近付こうとしないということだ。

彼女達は賢《かしこ》い。エレインは素直に称賛《しょうさん》の気持ちを抱《いだ》いた。

彼女達は分かっているのだ。ラキスヴァデリ・ストングレーに近付くと馬鹿を見る——という悲しい事実を。しかしながら彼女達ほど賢くなれなかったエレインは、今日もラキスヴァデリの射程内に入る。

「……何か用事ですか？」

氷の棘《とげ》に覆《おお》われた声で尋《たず》ねると、ラキスヴァデリはテーブルに手をついてぐっとエレインの顔を見下ろしてきた。

「キャラメルミルクを飲みにきただけなんだけど……ちょうどいいから一つ確認させてほしい。エレイン、僕が体に触《さわ》らせてくれと言ったら許すか？」

「……はあ？」

剣呑《けんのん》に眉《まゆ》をひそめてエレインは彼を見上げる。

「許すも許さないも……先輩は私にいつも無断で触るじゃないですか。頭は撫《な》でるし、抱き上げたりするし……それと何が違うんですか？」

するとラキスヴァデリはぱちくりとした。

「……言われてみればそうだな。あれも触ることには違いない。つまりエレインは、いつも僕に撫でまわされて不快な思いをしていたということか？」

「撫でまわ……言い方！」

エレインは思わず声を張る。

「僕はエレインにどこまで触ることが許されているのか——それを教えてほしい」

ラキスヴァデリは真剣《しんけん》な声で言った。近くの席に座っている人達が興味津々《しんしん》といった様子を見せたが、彼は全く意に介していない。エレインはやや混乱してきた。

「先輩……何が言いたいのか分かりません」

「つまり――好きな女の子に嫌な思いをさせるのは不本意だということだ」

好きな女の子――？　どういう意味だろうか？　……好き勝手に扱う――とか？

「私をどこまで好き勝手に扱えるか知りたいということですか？」

「どちらかというとエレインは、扱いづらい方だと思うけどね」

両者がじっと視線を交わし合ったその時、黙《だま》っていたリディが彼の袖《そで》を引いた。

「せーんーぱい、せっかくだから座りません？　私のこと憶えてますか？」

ラキスヴァデリは彼女に視線を向け、淡々《たんたん》と答える。

「エレインの友達のリディ」

「わあ、憶えててくれたんですね。嬉《うれ》しい」

「エレインといつも一緒《いっしょ》にいたから憶えてるよ。僕はエレインのことだったら全部とは言わないけどだいたい知ってる」

ラキスヴァデリはさらりと言った。エレインだってラキスヴァデリのことだったら全てとは言わないが概《おおむ》ね知っている。全くもって悲しい事実だ。

リディはにこにこと笑いながら話を続ける。

「二年振《ぶ》りですよねー。訓練所でも、先輩の活躍《かつやく》ってよく聞こえてきてて、ずーっと気になってたんですよ？」

その弾《はず》んだ声に、ラキスヴァデリが反応した。

「活躍？　活躍って……ポルッピン的な？」

「そうそう、『ニャンニャン姫は僕が助け出す！』的な」

リディは両手で可愛《かわい》らしくウサ耳の形を作ってみせる。ニャンニャン姫は『ポロロン村大冒険《だいぼうけん》』の登場人物で、ウサギ王国のお姫様だ。ウサギなのに何故ニャンニャン？　などと無粋《ぶすい》なことを聞いてはいけない。

「今度二人きりで、ポロロン村のお話とかしましょうよ」

甘ったるく媚《こ》びるような声で誘《さそ》いかける。そしてラキスヴァデリの方へ体を向けた。

彼女が着ているのは他の呪い師達と同じ白衣だが、その下にはいているのは短いスカートだった。テーブルの下から出てきた白い足が艶《なま》めかしく晒《さら》される。

リディは訓練所の男の子達を全員虜《とりこ》にしたと噂《うわさ》される美貌《びぼう》の持ち主だったし、その性格も立ち振る舞《ま》いも群を抜《ぬ》いて愛らしかった。並の男であれば一撃《いちげき》で落とされても不思議ではない。

「ね？　先輩？」

リディが小首を傾げてもう一度袖を引いたその時、

「ぶりっ子……」

と、近くのテーブルから音量を抑《おさ》えた——しかし確実にこちらに聞かせる意図を含《ふく》んだ声が聞こえた。エレインが目をやると、エレインやリディと同じ今年訓練所を出た同期の新人呪い師が二人座っていた。

「職場で男に媚びるとかホントに気持ち悪いよね。やる気あるのかな」

「ないんじゃない。あったらあんな短いスカートはいてこないでしょ」

「あの人、今でもラキスヴァデリ先輩のこと狙《ねら》ってるんだね。金目当て見え見え」

「先輩はあんなの相手にしないでしょ」

元々リディと仲の悪かった彼女らは、腹立たしげにまくしたてた。

リディ・マインハットがラキスヴァデリを口説き落とそうとしている——というのは訓練所で有名な話で、もちろんエレインも知っていた。リディは誰にでも愛想のいい娘だが、ラキスヴァデリに対しては殊更《ことさら》愛らしい笑顔を見せる。それに、彼の意味不明な話にもよく耳を傾《かたむ》ける度量を持っていた。こんないい子がどうして彼を？　と

エレインはいつも不思議に思ったものだ。

彼女らの悪口はとどまることを知らず、周囲の人達がその言葉に誘われるようちらちらとリディを見た。けれどリディは素知らぬ顔をしている。

「言い返さなくていいの？」

エレインは据《す》わった目で聞いた。しかしリディはぱちくりとし、

「え？　だって本当のことだもの」

そう言ってにこっと笑った。そんなリディの背後で、二人の娘達は更に言う。

「育ちが悪いとああなるのかな。ああいう下品な人ってホント嫌だ」

「あんな馬鹿《ばか》っぽい格好してる呪い師なんて他に一人もいないわよ」

そうか……リディはやっぱり怒《おこ》らないのか……そう思い、エレインは椅子《いす》から立ち上がった。がたんと音を立ててテーブルから離れると、その場に立っているラキスヴァデリを押《お》しのけて、リディに暴言を吐《は》いた二人の席までつかつかと歩み寄る。

「……何よ」

勢いに気圧《けお》されたらしく二人は僅《わず》かに身を引いた。エレインは無言で己《おのれ》の白衣の裾《すそ》に手を入れる。怪訝《けげん》な顔で見ていた二人はぎょっとした顔になった。

「ちょっと……何やって……」

狼狽《うろた》える二人の前で、エレインは白衣の下にはいていた長めのスカートを脱《ぬ》ぎ落とした。成り行きを見ていた辺りの人々がざわつく。スカートが失われた今、白衣の下は即《そく》下着だ。呪い師の制服である白衣の裾は膝丈《ひざたけ》より短く、屈《かが》んだら下着が丸出しに

なることは確実だった。

「さっきの言葉を訂正《ていせい》して。この場で一番馬鹿な格好しているのは私よ。他に人から陰口叩《かげぐちたた》かれるような格好している人なんて一人もいないわ。悪く言うなら私だけにしておきなさいよ」

昔から、リディは同年代の女性達によく悪口を言われていた。ぶりっ子だとか男に媚びているとかそんな理由で。けれど、エレインはリディの口から人の悪口を聞いたことがない。リディはどんなに悪口を言われても、絶対に人を悪く言わない。リディが誰かを怒っているところだって見たことがない。だから――エレインはいつも彼女の代わりに怒るのだ。なにせエレインは人生の八割を怒っているような人間だから。

エレインの淡々とした口調が彼女らの動揺《どうよう》を煽《あお》ったらしかった。

「べ、別に……陰口なんて……私達、誰のことだなんて言ってないし……」

目を逸《そ》らして呟《つぶや》くように言うと、二人は同時に席を立って足早に食堂から出ていった。辺りはしんと静まり返る。

エレインは一旦《いったん》短く息を吐き、さてどうしようかと考えた。今更スカートをはくのも馬鹿馬鹿しいので、この格好で仕事に戻《もど》ってやろうか――？

そんなことを考えていると、ふと視線に気付く。その場の人達は全員エレインの異

様を見ていたが、その中でも特にこちらを凝視《ぎょうし》している視線があった。

ラキスヴァデリだった。彼はエレインの剝《む》き出しになった足をじ――っと見つめている。それはあまりに長く、エレインは自分が酷《ひど》く恥《は》ずかしいことをしている気持ちになった。

「……何見てるんですか」

そう聞くと、ラキスヴァデリは視線を上げた。

「危うく同僚《どうりょう》の忠告を実践《じっせん》するところだった……だが、これでも僕は紳士《しんし》だ」

怪訝な顔をするエレインの前で、ラキスヴァデリは自分の白衣を脱いだ。そしてそれをエレインの腰に巻き、袖を前でぎゅっと縛《しば》る。彼の白衣は大きく、スカートの代わりをするのに十分な幅があった。

「……これは……どういう……」

どう捉《とら》えていいのか困り、エレインは中途半端《ちゅうとはんぱ》に声を発した。

隠《かく》してくれた――ということなのだろうか？　しかし純粋《じゅんすい》な感謝を感じるには、エレインは彼を嫌い過ぎていた。ラキスヴァデリは無表情で言った。

「こういう気持ちは何と表現したらいいんだ？　あまり感じたことがない類《たぐい》の感情で、言葉にするのが難しいな。でも、強《し》いて言うなら……もったいないから？」

「……もったいない？」

何だそれは――。エレインは困惑《こんわく》する。

「見せても減るわけじゃないと思うんだが……なにかもったいない」

「……意味が……分かりません」

エレインとラキスヴァデリはその場に佇《たたず》み、無言で見つめ合った。その時、

「エレイン！」

愛らしい叫《さけ》び声と共にエレインは横からリディに抱《だ》きつかれた。

「馬鹿馬鹿馬鹿！　何でそこまでするの！　あんなの私は平気なのに……」

彼女はエレインの肩に顔を埋《うず》めて泣きそうな声を上げた。

「知ってる。リディは優しいものね。だけど私は優しくないの」

エレインはニッと笑ってリディの背中をぽんと叩く。

傍《そば》に立っていたラキスヴァデリがいつものように手を伸ばし、触《ふ》れる寸前でその手を止めた。それに気付いてエレインは何だかムッとする。

「……撫《な》でたいなら撫でればいいじゃないですか」

「……ふうん……分かった。これは僕に許されている行為《こうい》だということだな」

そう言って、ラキスヴァデリはエレインの頭を撫でた。

第三章　時々優しい先輩《せんぱい》

親愛なるミシェルへ

今月はいよいよミシェルの誕生日ですね。その日は特別にお休みを取りました。会いにいけるのをお姉ちゃんは心待ちにしています。

毎日毎日嫌いな先輩の下で、お姉ちゃんは今日もくじけず頑張《がんば》っています。お姉ちゃんには頑張る以外のことが出来ないんです。けれどいつか必ず出世を果たして、今まで出会った人達を見返してみせますからね。その日を楽しみにしていてください。

それにしても、あの男はどうしてああも奇天烈《きてれつ》なのでしょうか？　聞いてください。ある日自分の部屋に戻ったら、扉《とびら》の前にチョリンケのぬいぐるみが落ちていたんです。チョリンケというのは前に手紙で書きましたね。ポルッピンのお友達です。ぬいぐるみの持ち主は分かり切っていますから、私はそれを届けてあげました。そうしたら、次の日にはチョリンケとパティーのぬいぐるみが落ちていたんです（パティーはチョリンケの恋人ですよ）。これはどう考えてもわざとだとしか思えません。問い質《ただ》したら、あの男は悪びれもせず、そんなに何度も落とすわけがないのは分かりきったことで、今更《いまさら》気付くなんて馬鹿だというのです。つまりお姉ちゃんは、何年も前からあの男のわざと落としたぬいぐるみを甲斐甲斐《かいがい》しく拾ってやっていたということなのです。自分の愚《おろ》かしさに涙が出るかと思いました。

あんな嫌がらせを何年も続けるなんて、本当になんて嫌な男でしょう。お姉ちゃんはあの男が本当に大嫌いです。

あーあ、嫌なことばかり書いてしまいましたね。とにかくお姉ちゃんは元気です。ミシェルは淋《さび》しくしていませんか？　あと少しで会えますから、ちょっとだけ我慢《がまん》していてくださいね。お姉ちゃんはいつでもミシェルを想《おも》っていますよ。

五月十一日　エレイン・ハートネット

王宮仕えを始めて一月《ひとつき》が経《た》ったある日、エレインは上司である呪い師長《フィルドオーリー》ダグラスミードの執務室《しつむしつ》へ呼び出された。

「わざわざ呼び出してすまないね。さあ、座って」

ダグラスミードに勧められ、エレインは広い部屋の真ん中に置かれた重厚感のある意匠《いしょう》の赤いソファに腰掛けた。

ダグラスミードは近くの机に用意してあったティーセットで手ずから紅茶を淹《い》れる。

いったい何が起きているのかとエレインは警戒《けいかい》した。

どう考えても怒られるという雰囲気《ふんいき》ではない。そのことが逆に恐《おそ》ろしかった。なんだか嫌な予感がする。

ダグラスミードはエレインの前のテーブルに紅茶を置いて、向かい側に座った。

「実は……最近きみの噂《うわさ》をよく耳にしてね」

彼はそう話を切り出す。

「噂……ですか？」

小首を傾《かし》げるエレインに向かい合い、ダグラスミードは紅茶を一口すすった。

「ラキスヴァデリの取扱《とりあつかい》説明書――なんて呼ばれているそうじゃないか」

エレインの表情が思わず強張《こわば》る。やはりそこか――

「お気に障《さわ》ったのでしたら……」

「いやいや、とんでもない」

ダグラスミードはにこやかに首を振《ふ》った。

「極めて遺憾《いかん》なことだが、今まで誰を補佐《ほさ》に付けても彼と上手《うま》くいった例《ためし》はなかったんだ。三日と経たずに辞表を出されたり……仮病《けびょう》を使われたり……あげく胃に穴が空いたりしてね。そんな彼の取扱説明書と言わしめるまで良好な関係を築くなんて、きみは稀有《けう》な呪い師《フィリーウィード》だ！」

はたしてそれを良好な関係と言ってしまっていいものだろうか……？　エレインは疑問を感じないではなかったが、そこは聞き流しておくことにする。

「恐れ入ります」

「ところできみは独身だね？」

「は？　……はい、そうですが」

突如《とつじょ》急角度で話題を転換《てんかん》され、エレインは一瞬面食らう。

「うん――ならばぜひ、ラキスヴァデリの伴侶《はんりょ》となってくれないだろうか？」

「……はんりょ？」

突《つ》きつけられた言葉の意味を瞬間理解出来ず、間の抜《ぬ》けた声で聞き返してしまった。

数拍《すうはく》おいてじわじわとその意味が頭に染《し》みこんでくると、エレインは青ざめる。

この人――今――何を言った――!?

「ラキスの嫁《よめ》としてうちの子になっておくれ、エレイン君」

ダグラスミードは——代々優秀な呪い師を輩出してきた名門、ストングレー伯爵《はくしやく》家の当主にして、ラキスヴァデリの実の父親であるダグラスミード・ストングレーは、朗《ほが》らかな笑顔で言った。

絶対嫌——！　と言いかけてエレインは口を開けたまま動きを止める。

ダグラスミードが自分の子供達を溺愛《できあい》している、俗《ぞく》にいう親馬鹿《おやばか》であるということは、呪い師達の間で有名な話だ。

あなたの息子《むすこ》と結婚など死んでもしたくない——などと口にしてしまったら、彼の機嫌を大いに損《そこ》ねてしまうのではないか——？

そのことがエレインの言葉を押《お》し留《とど》めた。

呪い師長《フィルドオーリー》の機嫌を損ねたりしたら、出世に響《ひび》くかもしれない……

あれこれと考えて、驚愕《きようがく》の事実に行きあたる。

つまり——エレインはこの縁談《えんだん》を断れないのだ。

——え？　私……ラキスヴァデリ先輩と結婚するの——？

エレインは完全に混乱して固まってしまった。

「急な話で驚《おどろ》いたかな？　だが、結婚というのは家の問題でもある。早いうちにしっかりとした相手を見つけておかないとね」

ダグラスミードは真面目《まじめ》な顔で諭《さと》すように言う。エレインはその言葉にはっとした。

「私はとても貴族の家に嫁《とつ》げるような家柄《いえがら》ではありません。そのことは呪い師長《フィルドオーリー》が誰よりよくご存じのはず。どうして私が先輩と結婚なんて……」

「そんなことは関係ないよ」

エレインの渾身《こんしん》の一手をダグラスミードは一言で抑《おさ》え込んだ。

「普通の貴族の家系ならばそうだろう。しかしストングレー家は呪い師の家系だ。重要なのは呪い師としての素養なんだよ。エレイン君、きみはあの子の嫁に相応《ふさわ》しい女性だ。うちの子になって、私をお父様と呼んでくれないか」

強烈《きょうれつ》な一撃《いちげき》を真摯《しんし》な瞳《ひとみ》で放《はな》ってくる。

エレインは罠《わな》にかかって網《あみ》で吊《つ》るされたウサギの気持ちになった。

背中にじわりと汗《あせ》をかきながら、静かな部屋の中でしばしの沈黙《ちんもく》を過ごした後、エレインは振り絞《しぼ》るように言った。

「……少し考えさせてください」

それが精一杯だったのだ。

親愛なるミシェルへ

　お姉ちゃんに縁談が来るなど今まで想像もしていませんでしたが、とうとうこの日がやってきてしまいました。相手はあの男です。どうしてお姉ちゃんが世界一嫌いな男に嫁がなければならないのでしょうか！　悪夢です！　お姉ちゃんの人生はこの先暗闇《くらやみ》に突入します！　こんなことなら呪い師になんて

「ダメよ……こんな手紙ミシェルに見せられない……」

エレインは書きかけの手紙をぐしゃっと丸めて机に突っ伏《ぷ》した。

ダグラスミードからラキスヴァデリとの縁談を持ちかけられたその日の夜である。

自室にこもったエレインは猫に追い詰《つ》められた鼠《ねずみ》の気分になっていた。

「先輩と結婚……絶対無理！」

虚《むな》しく独り言を放ちながらエレインは机の下の足をばたつかせる。

その時、部屋の扉がノックされた。

こんな時間に誰だろうかと思いながらエレインは立ち上がり、扉を開けた。

そこに立っている人物を認識してぎょっとする。

「ラキスヴァデリ先輩！」

名前を呼ばれたラキスヴァデリはじっとエレインを見下ろした。

「……何か用ですか？」

「僕とエレインの縁談の……」

そう言われ、エレインは慌《あわ》ててラキスヴァデリの腕を引いた。

「やめてください！　誰かに聞かれたらどうするんですか！」

鋭《するど》く声を上げながら、ラキスヴァデリを自室に引きずり込む。

「……エレイン……こんな夜遅くに男を部屋に入れたりしたらダメじゃないか」

「何をつまらない冗談を言ってるんですか」

「誰も冗談なんて言ってない。男は狼《おおかみ》だという話をしてるだけだ」

「先輩なんてせいぜい子猫ですよ」

「狼と猫じゃ違《ちが》い過ぎる。そこはせめて子犬にならないか？」

「何の話ですか？」

「僕とエレインの縁談の話だ」

言われてエレインはぎくりとする。

「……どうするつもりですか？　先輩だって私を嫁になんかしたくないでしょう？　私も困ってるんです」

視線を逸《そ》らしながら言うと、ラキスヴァデリはあっさり答えた。

「断っていいよ」

「え？」

「ダグラスの言うことは聞かなくていい。僕がもう断ってきた。だからあの話はなかったことにして」

顔を上げると、目の前にはラキスヴァデリの無表情があった。まるでどうでもいい無関心な話題を口にするかのように――

「あれは僕の意志ではないし、エレインの意志でもない。中身のない無意味な提案だ。ダグラスのことはよく叱《しか》っておいたから、もう何も言わないと思う。僕はあんな話に乗る気はないから、エレインも忘れて」

「……そう……ですか……分かりました」

エレインは身動《みじろ》ぎもせずに呟《つぶや》いた。よかった……これでもう悩まなくて済む。そのはずなのに……何だろう？　変な気分だ。

――私……喜んでいるのよね――？

自分で自分に問うてみるが、何だか突然人とぶつかって混乱している時のような心許《こころもと》ない気持ちがして、素直に嬉《うれ》しいと言えない。

「それを言いたかっただけだ。じゃあね、おやすみ。くれぐれも言うけど、男の理性を不用意に信用してはいけないよ」

ラキスヴァデリはよしよしとエレインの頭を撫《な》でて、部屋から出ていった。

エレインはそのまましばらく部屋の中に立ち尽《つ》くしていた。


「おいこら、ラキスヴァデリ君。ちょっといいかな?」

ラキスヴァデリがエレインの部屋を訪ねた翌日のこと——

第三班の研究室の床に寝《ね》そべって本を読んでいるラキスヴァデリの傍《そば》に、班長のタランドを始め数名の同僚《どうりょう》達がしゃがみ込んだ。

「呪い師長《フィルドオーリー》から聞いたよ。きみ……エレイン君との縁談を断ったらしいじゃないか」

「ああ……そうだな、断った断った」

ラキスヴァデリは真剣《しんけん》に本を読みながらざっくりと答える。

「ラキスお前、馬鹿か!? エレインのこと好きなんじゃなかったのかよ! まさか可愛《かわい》いって、単純に後輩《こうはい》として可愛いって意味じゃねえだろな！」

ブルドゥハラが呆《あき》れたように怒鳴《どな》った。

「いや、真剣に恋焦《こいこ》がれている――の可愛いだ」

はっきりと言葉にされて一同は一瞬たじろいだ。

「じゃあどうして断ったんだい？　呪い師長《フィルドオーリー》ものすごく落ち込んでたよ」

叱責《しっせき》するように言われて、ラキスヴァデリはようやく本から顔を上げた。何か思い出すように目を細める。

「……あのままだと、エレインが縁談を受けそうだと思ったから」

「それの何が悪いのさ？　きみって人は本当に意味が分からないね。そもそも、きみは縁談を承諾《しょうだく》されるほどエレイン君に好かれてる自信があったんだ？」

「もちろんエレインは僕を嫌っている。そんなのはずっと前から知ってることだ。だが、ダグラスから縁談を持ちかけられたらエレインはきっとこう考える。この話を断ったら出世に響くだろう――と。だからエレインは縁談を断れない。エレインは出世を何より大事だと考えている。それが叶《かな》うなら寿命《じゅみょう》を削《けず》ってもいいとすら思うほどに――。だからエレインは世界一嫌いな僕との結婚だって受け入れる」

それを聞いたブルドゥハラが衝撃《しょうげき》に目を見開いた。

「ラキス、お前……エレインのために自分から身を引くつもりで……？」

「いや、違うけど」

「違うのかよ！」

その場の全員がガクッと体を傾《かし》がせる。

「違うよ。僕はエレインを自分の力で正式に口説き落としてから求婚しようと考えているだけだ。そのために勉強している最中だから、邪魔《じゃま》しないでくれ」

寝そべって本を読むラキスヴァデリの手元を覗《のぞ》きこみ、タランドは眉《まゆ》をひそめた。

「ちょっと待ちたまえよ、ラキスヴァデリ君。俺の目の錯覚《さっかく》じゃなければ、それは『ポロロン村大冒険《だいぼうけん》』じゃないのかい？」

「もちろん『ポロロン村大冒険』だ。それ以外の何かに見えるなら医者に行った方がいい」

「……ラキスヴァデリ君、きみは絵本で女性の口説き方を勉強しようって？」

「絵本を馬鹿にしてはいけないな、タランド。チョリンケとパティーの恋を記した、この『ポロロン村大冒険――チョリンケの花束』には、心ときめく物語が満載《まんさい》だ」

それを聞いたタランドは、寝そべるラキスヴァデリの肩をがしっとつかむ。

「ラキスヴァデリ君、悪いことは言わないからそれはやめよう。色々失敗する気配が濃厚《のうこう》だ。だいたい何なんだ、チョリンケって……」

「チョリンケはポルッピンの友人で、心優しきバケツの妖精《ようせい》だ」

その説明にブルドゥハラが反応した。

「バケツ？　ポルッピンてヤツはたしかタマネギの妖精じゃなかったか？　なのに友達はバケツ？　タマネギとバケツが共生してんのかよ。ポロロン村は無法地帯か！」

「種族を超《こ》えた愛と友情を描《えが》いたのが『ポロロン村大冒険』だ」

「……もういい、分かった。好きにしてくれ……」

部下達の遣《や》り取りを眺《なが》め、とうとうタランドは匙《さじ》を投げたのだった。


「エレイン――」

それから数日――今日もラキスヴァデリの呼び声が第三班の研究室に響《ひび》き渡った。

同僚達はぴくりと耳をそばだてる。

「ずっと前から思っていたんだが、エレインは塩に似ていると思う」

何だそれは――！　と、その場の全員が胸中で突っ込んだ。

「何の話ですか？」

案の定エレインは怪訝《けげん》な顔をする。その声は以前より冷たさを増していた。

「僕が肉だとしたら、エレインは塩のような存在だと思うんだ。だから、この先もずっと一緒《いっしょ》にいてくれないか？　僕の岩塩」

岩塩……？　岩塩はないな……。岩塩は駄目《だめ》だろ！　と、班員達は各々《おのおの》思った。

「あれってチョリンケの台詞《せりふ》よね？」

「おうよ、俺はあの場面で目頭《めがしら》が熱くなっちまったぜ」

「だけどあれじゃあ端折《はしょ》り過ぎですよ。意味が分からない」

ここ数日ラキスヴァデリの珍妙《ちんみょう》な求愛が繰《く》り広げられているせいで、現在の第三班には謎《なぞ》の『ポロロン村大冒険』旋風《せんぷう》が巻き起こっているのだった。そんなことは微《み》塵《じん》も知らないエレインは、冷ややかな眼差《まなざ》しでラキスヴァデリを見つめる。

「……先輩、昨日着るものがなかったからって、半ズボン一枚に白衣で歩き回って怒られてましたよね。先輩が変質者とか痴漢《ちかん》とか呼ばれるのは勝手ですけど、他の人に迷惑《めいわく》かけるのだけはやめてください」

「？　……エレイン、何の話をしてるんだ？」

ラキスヴァデリは首をかしげた。エレインも同じように首をかしげる。

「傷口に塩をすり込むような態度を取ってほしい、という意味じゃないんですか？」

「違うよ」

「じゃあ何ですか？」

「エレインは鈍感《どんかん》で情緒《じょうちょ》に欠けるという話だ」

「……痴漢に情緒がどうとか言われたくありません」

「僕が痴漢ならエレインは痴女だってことになるな」

エレインは意味が分からないというように眉を寄せた。

「人前でスカートを脱《ぬ》いだりしちゃいけないよ」

その途端《とたん》、エレインの頰《ほお》がカッと赤くなった。

あ、馬鹿《ばか》――！　と一同が同時に思う。

そんな気持ちを察することもなく、ラキスヴァデリはふと思いついたように言った。

「僕の前でだけなら脱いでもいいけれど……」

班員達はそれを聞かなかったことにして、軽く耳を塞《ふさ》いだ。

エレインは真《ま》っ赤《か》な顔でぶるぶると身を震《ふる》わせ、

「このっ……変態!!」

凄《すさ》まじい音量で怒鳴った。今日もやらかしたか……と、一同ため息を吐《つ》くのだった。

「……失礼しました。もう上がります」

エレインは怒《いか》りを収めるように深呼吸し、その場の全員に言った。

「ああ、明日休みだったね。妹さんに会いに行くとか……ゆっくり休んでおいで」

班長のタランドが気遣《きづか》わしげに言う。すると、

「エレイン、僕も一緒に行っていいか？」

ラキスヴァデリが横から口を挟《はさ》んできた。エレインはじろりと彼を睨《にら》む。

「ダメです。お断りです」

「そうか……残念だ」

そう呟いて、ラキスヴァデリは自分の机に戻《もど》り、引き出しから何やら包みを取りだしてきた。それは綺麗《きれい》な花柄《はながら》の包装紙に包まれて、可愛いチェリーピンクのリボンがかけられた、四角い荷物だった。

ラキスヴァデリはエレインの頭にそれをぽんとのせた。

「ミシェルにあげよう。誕生日のプレゼント」

と、無表情で言う。その途端、エレインの表情が変わった。たぶん驚《おどろ》いたのだろう。

頭の上に置かれたプレゼントを手に取り、何か言いたげに唇を震わせる。

「『ポロロン村大冒険』五冊セット。ミシェルに読ませてあげて」

ラキスヴァデリが言うと、エレインの頬に微《かす》かな赤みが差した。さっきの怒りと

羞恥《しゅうち》によるものとは明らかに違《ちが》うその薔薇色《ばらいろ》は、彼女が少なからず喜んでいることを示していた。

「あ……ありがとうございます。喜ぶと思います」

目元を僅《わず》かに潤《うる》ませて、エレインはぺこりと頭を下げた。

「ポルッピンのカッコよさを知る人が増えたら僕も嬉《うれ》しい」

ラキスヴァデリはエレインの頭をいい子いい子と撫でる。彼女がその手を振《ふ》り払《はら》うことはなかった。ラキスヴァデリが長いこと撫で続けている間、エレインは喉《のど》を鳴らす子猫のように素直に撫でられていた。

周りの一同はほっとした気持ちでその光景を見守っていた。

翌朝、エレインは王宮から離れて城下の商店街を歩いていた。

着ているのは白衣ではなく、若葉色のワンピースだ。襟《えり》と袖口《そでぐち》は純白で、腰に巻いて後ろでちょうちょに結んだリボンベルトも白い。つばの広い帽子《ぼうし》は生成《きな》りで、手には大きめの籠《かご》を提《さ》げていた。

エレインは軽い足取りで商店街を歩く。何となく浮《う》かれた気分なのは、別に重たい籠のせいじゃない。ただ、ミシェルに会えるのが嬉しいだけだ。そうに決まってる。

エレインはちらと籠の中を覗いた。綺麗に包まれた本が見える。

いいや、断じて彼に託《たく》されたこの絵本が嬉しかったから浮かれているわけではない。あの瞬間不意打ちで感動したのは確かだけれど、一日経《た》った今も浮かれているなんてまさかまさか……

もう一度籠の中を見ると、絵本の横にはエレインが一週間前に買っておいたプレゼントも並んでいた。小さな箱の中に入っているのは、若い女の子達の間で評判のお店で買ったブレスレットだ。五時間悩み抜《ぬ》いて選んだそれは、水色の石で出来た花飾《はなかざ》りがついていて、ミシェルに似合いそうだとエレインは思っている。

満足げににんまりと笑い、エレインは商店街を歩いて人気菓子店《かしてん》マッキー屋に入る。

――ミシェルは甘いものが好きなのよね――

あごに拳《こぶし》を当ててうんと悩み、エレインは大きな丸いチョコレートケーキに目をつけた。ちょっと大きすぎるだろうかと思うけれど、一緒に暮らしていた時はこんな立派なケーキなんて一度も買ってあげられなかった。せめて最初のお給料が出た時くらい……そんな思いで一番大きなケーキを選ぶ。

それから向かいの花屋で可愛《かわい》らしいピンク色の花束を頼《たの》み、結局かなりの大荷物を抱《かか》えて乗合馬車に乗ることになった。

——喜んでくれるかしら……ミシェル……もうすぐ会いに行くからね——

幌《ほろ》のない馬車の荷台に座り込み、エレインは晴れ渡った空を見上げた。

馬車に揺《ゆ》られて二時間。エレインは王都に隣接《りんせつ》する村にたどり着いた。

そこから村外れまでひたすら歩き続け、ようやく目的地が見えてくる。

陽光が燦々《さんさん》と降り注ぐ中を歩いたせいで、額にはうっすら汗《あせ》をかいていた。

——チョコレートケーキ……溶《と》けてないでしょうね——

やや心配になりながらも、エレインは最愛の妹が待つ場所へと足を踏《ふ》み入れた。

五月の爽《さわ》やかな風が広々とした空間を駆《か》け抜ける。

少し錆《さび》のある鉄柵《てつさく》に囲まれたその土地には、木を組んだ十字架《じゅうじか》や磨《みが》き上げられた平たい石がずらりと並んでいた。

そこはひと気のない墓所だった。

エレインは墓標の間を静かに歩き、端《はし》にある小ぶりな平たい墓石の前で立ち止まる。

「ミシェル……お姉ちゃんが会いに来たよ」

そう言って、冷たい墓石に優しく微笑《ほほえ》みかけた。

エレインが生まれ育ったのは、王都の西の外れにある街だった。まともな職を得られずに都からはじき出された者達が集《つど》うそこは、貧民街と呼ばれていた。エレインはその貧民街で生まれ、育った。

十一歳の時、両親は事故で亡《な》くなり、エレインは三つ下の妹と二人きりで残された。他に身寄りはなく、粗末《そまつ》な小屋で妹のミシェルと二人、身を寄せ合って……十一歳の子供でも、その日の糧《かて》を得る術《すべ》はある。エレインは妹と二人生きていくため、働いて働いて働いた。八歳のミシェルですら、エレインの助けになろうと懸命だった。二人してゴミを漁《あさ》るのは毎日のことだ。それでもお腹《なか》が空《す》いていない時はなかった。体の動く限り働いて、僅かに食べて、身を寄せ合い眠る。ただでさえ肉のついていない体は益々痩せた。

時折見かける富裕層《ふゆうそう》の人間達――綺麗なドレスを着て、ツヤツヤと血色の良い肌をして、馬車に乗る彼らを見る度《たび》、エレインは酷《ひど》く嫉《ねた》ましい気持ちになった。

それでも一人ではなかったから、エレインは耐《た》えられた。

「お姉ちゃん、綺麗な花が咲《さ》いてるよ」

石畳《いしだたみ》の隙間《すきま》に咲いていている小さな雑草を見て、あの子は嬉しそうに笑った。

「お姉ちゃん、今日は美味《おい》しいパンが食べられてよかったね」

一つきりしかない小さな硬いパンを半分こした日だって、あの子は喜んでいた。

「どしゃぶりで外に出られないから、今日は一日一緒にいられるね」

雨漏《あまも》りのする小屋の中で、そんな些細《ささい》なことを楽しんでいた。

「ほら見て、夕焼けがあんなに真っ赤」

いつもと変わらない風景だって、あの子の目を通せば美しく色付いた。

ミシェルは――天才だったのだ。

あの子の心は世界を愛する才能に満ちていた。ドブネズミと自分の違いが分からなくなるほどの暮らしの中にあって、ミシェルは世界を愛《いと》おしんでいた。

王宮に暮らすお姫様だって、こんな綺麗な笑みを浮かべることは出来ないだろう。

「ミシェルはお姉ちゃんが一等好き。お姉ちゃんは強くて優しくて、ミシェルの自慢《じまん》のお姉ちゃんなんだよ」

それがあの子の口癖《くちぐせ》だった。

たった一人の愛しく愛らしい妹が、エレイン・ハートネットの全てだった。

そのミシェルが――死んだ。

エレインが十四歳になった冬のことだった。

疫病《えきびょう》が蔓延《まんえん》したのだ。体の弱っていた者からばたばたと死んだ。

歳《とし》より小柄《こがら》で痩《や》せていたミシェルも早々に倒れてしまった。

貧民街の人間達はすでに諦《あきら》めきっていた。自分達はそういう場所で生きているのだと言って——

お金さえあれば……お金さえあれば——！　薬が買えるし、滋養《じよう》のあるものだって食べさせてあげられる。ミシェルは死ななくてすむ。

木枯《こが》らしの中、都の中心まで出て通りすがりの人達に物乞《ものご》いをした。

凍えながら足元にすがるみすぼらしいエレインを、綺麗な服を着て血色の良い肌をした富裕層の人間達はまともに相手にしようとしなかった。

時に無視され、時に足蹴《あしげ》にされ、時に嘲笑《あざわら》われ、時に憐《あわれ》みの眼差《まなざ》しを向けられ……救いの手が差し伸《の》べられることは最後までなかった。

寒さに体力を奪《うば》われたミシェルは日に日に弱り、あっけなく命を落とした。

「お姉ちゃん……明日もいい日だといいね……」

痩せこけた顔で笑いながらあの子は最期《さいご》にそう言った。

今日がいい日だったことなんか一度だってなかったのに——！

あんなに世界を愛した少女が、世界からこうも容易《たやす》く見捨てられたのだ。

疫病に対処すべく王宮から呪い師が派遣《はけん》されてきたのは、ミシェルが死んだ翌日のことだった。

エレインはその先頭にいた男に我を忘れて飛びかかった。しかし周りにいた他の呪い師達にあっけなく取り押《お》さえられ、地面に組み伏《ふ》せられる。

地べたに押さえ込まれたまま、エレインは驚く男を睨んだ。

「今更《いまさら》何しに来た!!」

何度も何度も男を口汚く罵《ののし》る。それはとても女の子の口から出てくるとは思えない下品で荒《あら》い罵詈《ばり》雑言《ぞうごん》で、呪い師達は嫌悪と不快で顔を歪《ゆが》めた。

自分はミシェルとは違う。

卑屈《ひくつ》で、恨《うら》みがましくて、執念《しゅうねん》深くて……こんな世界を愛することなんか出来ない。ミシェルが言った強くて優しいお姉ちゃんなんてどこにもいない。自分はあの子の自慢になんてなれない。

男を罵り尽《つ》くして荒く息をつきながら、エレインは地面に顔を伏せた。

男は目の前にしゃがみ込み、悔《くや》しそうな声で言った。

「きみの妹を助けられなくてすまなかった……」

その言葉を聞いた瞬間、エレインの胸の中が震《ふる》えた。その震えは全身に伝わり、エレインは気付くと涙を流していた。ミシェルが死んでから初めて流した涙だった。

泣きやむのを待ち、男は地面に突《つ》っ伏したエレインの体を引き起こした。

涙と泥《どろ》でぐしゃぐしゃになったエレインの顔をハンカチでぬぐう。

「女の子が顔を汚しちゃいけないよ」

彼はじっとエレインを見つめ、

「ねえ、きみ……まだ立ち上がる意志があるのなら、ヨーデリア王宮を訪ねておいで。呪い師の訓練生に推薦《すいせん》してあげよう」

そんなことを言い出した。

「きみみたいな子は立ち止まったらダメだ。もう二度と動けなくなってしまうよ。私は王宮仕えの呪い師長《フィルドオーリー》、ダグラスミード・ストングレー。気が向いたらこの名前を訪ねておいで。きみはたぶん……根性《こんじょう》があると思うよ」

そう言うと、彼は呪い師達を引き連れて、疫病に冒《おか》された患者《かんじゃ》のもとへ向かった。

エレインが呪い師の訓練所に入ったのは、それから一月《ひとつき》後のことである。

ミシェルを失ったエレインには他にすることがなかったのだ。ならばせめてあの子を見捨てたこの世界を見返してやろうと考えた。

だから自分が消えてしまうまで身を削《けず》ってでも、ひたすら上へ上へ……そこへたどり着いたとき何が見えるのかなんて、想像も出来ないけれど……

タオルで墓石を綺麗《きれい》に磨き、周りの雑草を抜いて、花束を飾る。
その前にハンカチを敷《し》いて、プレゼントを二つ並べた。
そして墓石を押してずらし、中の空間から大きな銀色の缶《かん》を取り出す。
蓋《ふた》を開けると缶の中には何通もの手紙が入っている。それを墓地の端で全部燃やし、
エレインは代わりに今まで書き溜《た》めた手紙を缶の中へ入れた。もう一度缶を墓の中へ
戻《もど》して墓石を元に戻すと、エレインはその前に座り込んだ。
「忙《いそが》しくて何か月も会いに来れなくてごめんね。淋《さび》しくなかった？」
訓練生時代は月に一度は会いに来ていたものだが、卒業が迫《せま》ってから忙しくしてい
て、しばらくここへは来られなかったのだ。
エレインはミシェルに話しかけながら、大きなチョコレートケーキを食べ始めた。
「それはそうと、聞いてよミシェル！　お姉ちゃんが毎日毎日あの変人先輩《せんぱい》にどんな
仕打ちを受けているのか！」
がつがつとケーキを口に運び、口元をチョコまみれにしながら大声で話す。

「この間なんてね、王宮に巣を作ってた巨大蜘蛛《きょだいぐも》を見て、『エレインにそっくりだ』とか言うのよ！　あの野郎《やろう》、タマを蹴っ飛ばしてやろうかと……ごほん、あの人ってば、ほっぺたをつねってやりたいくらい嫌な人だわ」

　ぷりぷりと怒《おこ》りながらエレインは言った。

「本当に父親とは大違《おおちが》い。呪い師長《フィルドオーリー》は、貧民街の下品で汚い子供を女の子として扱《あつか》える人だもの。それに比べて先輩は無神経過ぎるのよ」

　そこでふとエレインはフォークを下ろす。

「でも……まあ、先輩にもいいところが全然ないってわけじゃないんだけど……。ほら、このプレゼントね、先輩がミシェルのために用意してくれたのよ。だから……お姉ちゃんは先輩を大嫌いだけど、ミシェルは先輩を嫌いになっちゃダメだからね。いいところもあるんだから。どこがって聞かれても、急には思いつかないけど……」

　言いながら、エレインはラキスヴァデリのプレゼントを開けた。

　一番上にある絵本を取って、ぱらりとめくる。

「せっかくもらったんだから読んであげる。ミシェルは一度も読んだことないよね」

　エレインは綺麗な絵に視線を落として、『ポロロン村大冒険《だいぼうけん》』をミシェルに読み聞かせてやった。

絵本を読み終わり、ケーキを丸々一個食べきって、エレインは墓石に頭をのせて横たわった。目を閉じて、冷たい墓石を撫《な》でる。

ミシェルの姿が鮮明《せんめい》に思い浮《う》かび、「お姉ちゃん」と話しかけてくる声が聞こえる気がした。ずっとこうしていたいなと思った。だけど……

まだダメだ。まだ、止まっては、ダメだ。

エレインはぐっと拳《こぶし》に力を入れて、起き上がった。

持ってきたものを片付けて、プレゼントを墓石の中に収めて立ち上がる。

「ミシェル、また会いにくるからね」

最後に優しく微笑《ほほえ》みかけて、エレインは決して振《ふ》り返らないよう墓地を出た。

来た道を真《ま》っ直《す》ぐ真っ直ぐ歩き、ぴたりと足を止める。目の前にありえない人の姿を認め、エレインは思わずぽかんと口を開けた。

「……ラキスヴァデリ先輩、何してるんですか？」

道の端《はし》に座りこみ、畑と道路を隔《へだ》てる柵《さく》に背を預けているのは、紛《まぎ》れもなくラキスヴァデリだった。

彼はエレインの呼びかけに振り向き、ひょいと立ち上がる。

「迎《むか》えにきた」

「……どうして？」

目を丸くして問いを重ねると、彼は無表情で少し考え、

「……エレインが泣いているかもしれないと思ったから」

エレインは驚《おどろ》いて固まり、ゆるりと溶《と》けるように表情を緩《ゆる》ませた。

「別に泣いたりしていませんよ」

「ならよかった。じゃあ、帰ろうか」

そう言って歩み寄ると、ラキスヴァデリは唐突《とうとつ》にエレインの手を握《にぎ》った。

「なっ……何ですか、急に」

エレインは驚いて思わず言った。

「悪いけど――これはエレインが嫌がっても放してあげられない」

ラキスヴァデリはぎゅっと強くエレインの手を握ったまま言った。その手の温かさがじわりと伝わり、エレインの口からうっかり素直な言葉が零《こぼ》れ落ちる。

「……別に嫌ではないです」

「……嫌じゃないのか？」

やや驚いたような声音《こわね》でラキスヴァデリは聞き返してきた。

「急に触《さわ》られたらびっくりするし、子供扱いされたら腹は立ちますけど……先輩に触られて嫌だと思ったことはないですよ」

「…………そうか」

ぽつりと言って、ラキスヴァデリはエレインの手を引いた。

二人並んでぽてぽてと道を歩く。

「先輩……妹のお墓の場所知ってたんですか？」

「マシーニに聞いた。あの人はエレインが毎月お墓参りに来てるの知ってるからね」

マシーニ……訓練所の教官のことだ。ラキスヴァデリは誰のことも名前で呼ぶ。自分はラキスヴァデリを嫌いだと公言しているくせに、他の誰かが彼を悪く言うと何だかイライラするのはどういうことなんだろう？

「ミシェルは元気だった？」

ラキスヴァデリが前を向いたまま聞いてきた。

エレインはふと傍《かたわ》らを見上げ、彼と同じように前を向く。

「馬鹿《ばか》みたいだと思いますか？」

「何が？」

「……あの墓は空っぽなんですよ。妹は死んだその日に川に捨てられましたから」

あの貧民街では遺体はすぐ川に捨てられることになっていた。エレインは必死に抵《てい》抗《こう》したけれど、住人達に押さえ込まれて目の前で妹を川に投げ入れられた。忘れたくても忘れられない光景だ。

「入れてあるのは数少ない遺品だけです。何を話しかけたところで答えは返ってこないし、何の意味もない。ミシェルの肉体も精神もこの世界からとっくの昔に失われて存在しないのに……」

空虚《くうきょ》な気配を滲《にじ》ませてそう呟《つぶや》く。ラキスヴァデリは思案する気配を見せ、ぽつりと言った。

「川に流されたなら、ミシェルはきっと海までたどり着いただろう」

「？　……そうかもしれませんね」

「体は極小単位の『呪《フィー》』まで分解されて、海に溶け込んだはずだ」

何の話をしているのだ、この男は……エレインは訝《いぶか》った。

「それは空に昇って畑に降り注いだり……海に留《とど》まって魚の体の一部になったりしただろう。その畑の野菜や海で獲《と》れた魚を、エレインは食べたかもしれない」

「それは……可能性がないわけではないですけど……」

果てしなく低い確率だ。

「ミシェルを構成していた『呪』が、今はエレインを構成しているかもしれない」

そこでラキスヴァデリはエレインの顔を見た。その瞳《ひとみ》と目を合わせてびくりとする。世界を構成する図形を全て見通せるこの瞳に、エレインはどう見えている？

「……私の体の中にミシェルの『呪』はあると思いますか？」

「さあ、僕はミシェルに会ったことがないし」

彼は軽く肩をすくめて前を向いた。

「でも、これは生きた人同士でも起こり得ることだ。例えば食事、呼吸、分泌《ぶんぴつ》、排泄《はいせつ》で人の体は分解されて入れ替《か》わる」

「!?　情緒《じょうちょ》！」

エレインは思わず叫《さけ》んでしまったが、ラキスヴァデリは構わず続けた。

「そうして体から剝《は》がれていった『呪』は、巡《めぐ》り巡って他の人の体を構成するだろう。例えば世界の裏側にいる誰かの体を――」

そう言って、ずっと握ったままでいたエレインの手を軽く持ち上げる。

「以前は僕の体を構成していた『呪』が、今はエレインを構成しているかもしれない。実のところ、自分の肉体と他人の肉体に境界なんてないんだよ。自分と――人と――

世界は――全部繋《つな》がった一つの巨大な呪《まじな》いだ」

話が壮大《そうだい》過ぎてついていけない。けれど、彼が何を言いたいのかは分かった。

「だから……ミシェルは私の傍《そば》にいるということですか？」

「エレインとミシェルは同一の存在だ――ということだ。だからきっと、エレインがエレインを大事にしたら、ミシェルを大事にしたことになるだろう」

ラキスヴァデリはそこで話を終え、黙《だま》ったまま歩き続けた。

エレインはふと込み上げてくるものを感じ、それを振り払《はら》って言った。

「先輩《せんぱい》……絵本、ありがとうございました」

「うん、ミシェルが喜んでくれたらいいけど……」

「……先輩が何でポロロン村にご執心《しゅうしん》なのかちょっと分かりました。その……面白かったです」

最後まで読んだのは初めてだったけれど、素敵な物語だと素直に思った。

するとラキスヴァデリはぴたりと立ち止まり、

「だよね？」

エレインを覗《のぞ》きこんでにこっと笑った。無表情以外を見るのは珍《めずら》しく、エレインはびっくりする。しかしその笑顔は一瞬で元の無表情に戻《もど》った。

「どうかした？」

ラキスヴァデリは、目を丸くしているエレインをまじまじと見つめて聞いてくる。

「いえ……なんだか心拍数《しんぱくすう》が上がったような……」

何だろう、これ……？　空いた手で自分の胸を押《お》さえ、エレインははっとする。

「後ろから突然大声を出されて驚いた時の反応と似ているようです」

自分は単純に驚かされたのだ。うん、そうに違《ちが》いない。

「ふうん……ちなみに僕も今、心拍数は上がっているけどね」

ラキスヴァデリは無表情で言いながら、繋いだ手に力を込めた。

「？　……私、先輩を驚かせるようなことをしましたっけ？」

エレインは首を捻《ひね》る。

「……だいたいエレインは僕を驚かせてばかりだよ」

ラキスヴァデリはそう言うと、エレインの手を引いて再び歩き始める。

しばらく無言で歩き、エレインは何となく聞いてみた。

「先輩はどうしてあの話が好きなんですか？」

「僕は物語なら何でも好きだ。現実の世界を見通すのは簡単だけれど、物語を見通すことは出来ないからね。人の想像力は無限の未知だ。例えば母親が眠れない子供のために物語を考えることも、恋する男が好きな女の子に笑ってほしくて笑い話を作り出すことも、世界を生むに等しい想像力だと思う。たとえ僕がこの世を構成する全ての『呪』を解析《かいせき》しきっても、人の想像力が生み出した物語を解析することは出来ないだろう。だから楽しいんだ。それに——ポルッピンは格好いいからね。だからミシェルにも読ませてあげたかった」

ラキスヴァデリは満足そうに頷《うなず》いている。

「……ラキスヴァデリ先輩は優しい人ですね」

エレインがそう言うと、ラキスヴァデリは僅《わず》かに目を細めてこちらを見た。

「——と、ミシェルなら言ったと思います。私は言わないですけどね」

「優しくされたと思ったなら素直にそう言えばいい。まあ、そういう素直じゃないところも、エレインの可愛《かわい》いところの一つだと思うけどね」

空いた手で頭を撫でられ、エレインはかっと頬《ほお》を染めた。本当にこの男は……

「じゃあ、私の言葉で言ってあげます。先輩って本当に無神経な人ですよね！」

ぱっと手を振りほどいて、エレインはずかずかと前に出る。

ラキスヴァデリはエレインの後ろ姿《すがた》を見つめながら、のんびりとついてきた。

第四章　誰よりも遠い人

親愛なるミシェルへ

昨日は会えてとっても嬉《うれ》しかったです。ラキスヴァデリ先輩のプレゼントは気に入りましたか？　お姉ちゃんはポルッピンとチョリンケの友情に感動しました。先輩にもいいところがあるんですよね。

城下の商店街まで帰ってきたところで、先輩はクレープをおごってくれました。バターとママレードの甘酸《あまず》っぱいクレープで、ミシェルにも食べさせてあげたいと思いました。美味《おい》しいものを食べると、お姉ちゃんはいつもミシェルと一緒《いっしょ》に食べたらもっと美味しいだろうなあと思うんです。

だけど聞いてください、ミシェル！　クレープを食べている途中で、お姉ちゃんは先輩にほっぺたを舐《な》められてしまったんです。ママレードが付いていたのだそうです。

びっくりしてクレープを落としてしまって、せっかくのワンピースにママレードの染《し》みが出来てしまいました。文句を言ったらあの変態先輩は、『触《さわ》られるのは嫌じゃないんじゃなかったの？』なんて言うんです。本当になんて無神経な人でしょう！

やっぱりいいところがあるというのは取り消そうかと思います。

仕事が落ち着いてきたので、次は来月会いに行けますよ。

楽しみにしていてくださいね。

五月十六日　エレイン・ハートネット

ある夜のこと――

王宮の庭園を這《は》いまわっているものがいた。それは形状で言うならば蛇《へび》だった。

蛇は主《あるじ》の手によって生み出されたばかりの存在だ。蛇には知能があり、主によって組み込まれた命令があった。しかしその命令は酷《ひど》く傷付き元の形を失っている。それゆえ蛇は己《おのれ》が何を命じられたか分からなくなっていた。それでも蛇は主命を全《まっと》うしようと懸命《けんめい》に這いずる。

そして、とある人間を見つけた。人間は夜の庭園を歩いている。蛇はそっと足元に這い寄り、その足目がけて飛びかかった。鋭《するど》い牙《きば》が人間の足に刺《さ》さる。人間は苦痛の声を上げて蹲《うずくま》った。眩暈《めまい》を起こしてすぐに意識を失う。

蛇は牙を立てたまま、人間に毒を注ぎ込んだ。しかし――

違う……そのことがすぐに分かる。

これは主の命令とは違う。ならば……次を見つけるまでだ。

暗闇《くらやみ》の中を蛇はずるりずるりと這ってゆく。与えられたのは命令と一つの名。

『忘却の蛇《ハリオン・スカル》』――それが蛇に与えられた名だった。

深夜、エレインは部屋の戸を叩《たた》く音で起こされた。

戸を開けると、そこに立っていたのは班長のタランドだった。

「緊急《きんきゅう》の仕事だ。来てくれ」

タランドは短く告げた。エレインはすぐに白衣へ着がえ、部屋を出る。

「外務大臣のコッセロ卿《きょう》が、呪詛《ヴィラド》を受けて倒れた」

廊下《ろうか》を足早に歩きながらタランドは説明した。

「呪詛……命が危《あや》ういのですか？」

エレインはタランドの背中を見ながら尋《たず》ねる。

「まだ分からない。コッセロ卿は今度の舞踏会《ぶとうかい》の責任者だから、それまでには何とかしろと管理局から言われた。他国の使者も招待している会だ」

「……そんな一大事にどうして私を？」

緊急事態に自分のような新人を呼んだということが不思議だった。

「ああ、大丈夫。他の班員も何人か呼んでる」

タランドは答えるが、ならばなおさらエレインを呼ぶ必要性が分からなかった。

よく分からないまま、二人は『呪い師の館《ステルスワーカー》』の一階にある医務室へ到着した。

広い医務室の一番奥にあるベッドに、五十代頃の男性――コッセロ卿が横たわっている。意識がないまま彼は酷く苦しんでいた。

ほとんど裸《はだか》の状態で寝《ね》かされているコッセロ卿の体を見て、エレインは眉《まゆ》をひそめた。足首に噛《か》まれたような傷口がある。そして、その傷口から黒い蔦《つた》模様の痣《あざ》が発生し、皮膚《ひふ》を這い、膝《ひざ》、腿《もも》、腰、腹――とたどって、心臓の辺りまで伸びていた。

「状況はどう？」

タランドはコッセロ卿の傍《かたわ》らに立っている部下に尋ねた。

「悪いですね。薬と陣《じん》で抑《おさ》えてますけど、これは止まりません。かなり強力です」

コッセロ卿が寝かされているシーツには銀色のインクで呪術陣《フィルディーン》が描《えが》かれている。淡い光を発するその陣が懸命に呪詛を抑え込んでいるのだと分かった。

「そうか……エレイン君、状況をどう見る？」

聞かれてエレインはコッセロ卿の隣へ移動した。

「……この傷口が呪詛の感染口だと考えると……何かの生き物を使役して、呪《まじな》いを仕込んだのではないでしょうか？　ここから呪詛を送りこんで、痣の成長と共に体を蝕《むしば》み、相手の命を奪《うば》う……」

「そうだね、よくある類《たぐい》の呪詛だ。だとすると、ほとんどの場合、痣が心臓に達すると呪詛を受けた者は命を落としてしまう。見たところ、ずいぶんと即効性《そっこうせい》の高い呪詛みたいだ。……助けられないかもしれない」

タランドは冷静にそう判断する。

「……だが、出来る限りのことはしよう。せめて、コッセロ卿の夫人が到着するまで存命させてあげたい」

「班長……駄目《だめ》です。もう持ちません……っ」

陣に手をついて力を注いでいた部下が、汗《あせ》を伝わせながら声を上げた。

そして痣はとうとうコッセロ卿の心臓を覆《おお》うように伸び——花を咲《さ》かせた。

コッセロ卿が一際《ひときわ》苦しむ声を上げたかと思うと、黒い花の痣は瞬《また》く間に散って、コッセロ卿の体からがくんと力が抜《ぬ》けた。

死んだ――!?　エレインはぞっとした。けれど――

「ん……んん？　何だここは……？」

コッセロ卿は突如《とつじょ》目を開けて言葉を発した。

「生きてる……」

エレインの口からぽろりと言葉が零《こぼ》れる。タランドも他の部下達も驚《おどろ》きに目を見張っていた。むくりと起き上がるコッセロ卿の体に痣はもう残っていない。傷口一つを残して彼は常態に戻《もど》っていた。

「や……タランド王子、私はいったいどうしてこんな所に？　たしか、仕事を終えて屋敷《やしき》に帰ろうと……」

コッセロ卿は頭を押《お》さえながらタランドを見上げた。

「……何だったんだ……」

タランドは怪訝《けげん》な顔で呟《つぶや》く。その時、医務室に一人の女性が飛び込んできた。

「あなた……！」

叫《さけ》んだのはコッセロ卿と同年代の貴婦人だ。

「いったい何があったんですか？　主人が倒れたと聞いて私……」

狼狽《うろた》えた様子で歩み寄ってくる貴婦人の体を支え、タランドが微笑《ほほえ》みかけた。

「コッセロ夫人、安心してください。ご主人は無事ですよ」

途端《とたん》に彼女は安堵《あんど》の表情を浮《う》かべた。

「ああ……よかった。あなた……」

夫人はふらつく足どりでベッドに近寄ると、夫に語りかけた。けれど、コッセロ卿は不思議そうな顔で夫人を見つめ、軽く首を傾《かたむ》けた。

「……失礼、どこかでお会いしましたか？」

医務室に集《つど》っていた一同は、その言葉を聞いて愕然《がくぜん》とした。


「記憶障害だな」

第三班の研究室に班員を集め、タランドは言った。

すでに夜は明けている。朝日の入る部屋で直立の姿勢を取り、部下達は上司の言葉を聞いていた。その片隅《かたすみ》に立ち、エレインはタランドの言葉に耳を傾けながら昨夜のことを思い出していた。

「自分のことは憶《おぼ》えているようだ。仕事のことも完全に把握《はあく》している。呪詛を受ける直前までの記憶も鮮明《せんめい》だ。体に異常もない。ただ——妻と子供の記憶が抜け落ちている。屋敷に帰ろうとしていた記憶はあるが、誰が待っていたのかは憶えていない」

タランドは硬《かた》い声で説明する。

「それってつまり……愛を奪う呪詛？　あらやだ、ロマンチック」

先輩呪い師《せんぱいフィリーウィード》の女性が頬《ほお》を押さえて言った。

「はいそこ、ふざけない」

「えー？　だって、色々想像出来ちゃうじゃないですか。例えば、コッセロ卿の愛人が家族を捨てさせるために無資格呪い師を雇《やと》った――とかね」

「あのねえ……いくら人命が無事だったからってつまらない邪推《じゃすい》をするんじゃないよ。家族にとっても本人にとっても一大事なんだからね。そもそも、呪《まじな》いによる記憶操作は医療《いりょう》に関する場合を除いて不法行為《こうい》だ」

そこでタランドはぐるりと部下達を見回す。班員達は一瞬で真剣《しんけん》な表情に変わった。

「コッセロ卿の呪詛を解くことは第三班に一任された。エリカ君、ソミー君は軍と協力して犯人の捜査《そうさ》を。ブルドゥハラ君、ユナ君は次の被害者《ひがいしゃ》が出ないよう王宮内部に呪術陣を。ライナス君はコッセロ卿の体調管理を医療部と連携《れんけい》して頼《たの》む。ジェイン君は今うちで抱《かか》えてる仕事を他班に振《ふ》り分けて要請《ようせい》して。その他の人員はコッセロ卿の体から呪詛を検出し、陣を解析《かいせき》、使用された薬剤《やくざい》を特定。解呪薬《かいじゅやく》と解呪陣を作製し、可能ならば舞踏会までにコッセロ卿の呪詛を解くこと」

そこまで言って、タランドは端《はし》にいたエレインに視線を送る。

「特にエレイン君、これはラキスヴァデリ君の解析眼《メルタ・イーダ》がものを言う事件だ。しっかりと働かせてコッセロ卿の呪詛を解析するように、くれぐれも頼んだよ」

「了解しました」

エレインが真顔で答えたその時、研究室の扉《とびら》が開き、今まで姿を見せなかったラキスヴァデリがのそりと入ってきた。

「ラキスヴァデリ君、どこへ行っていたんだい？」

タランドは呆《あき》れた顔で問い質《ただ》した。

「トニーのところ」

ラキスヴァデリは淡々《たんたん》と答える。

「コッセロ卿のところに？」

「エレインが呼ばれたって聞いたから……。だけど、いなかったからトニーとおしゃべりしてきた」

「ああそう……楽しかったかい？」

「結構楽しかった。トニーは困った顔をしてたけど。何故《なぜ》だろう……？」

「安心したまえ、きみとおしゃべりした人は大抵《たいてい》そういう顔になるから」

タランドは生暖かい眼差《まなざ》しで親切にも答えてやった。

「理不尽《りふじん》だな。それから、トニーの足首の傷に呪詛の欠片《かけら》が残ってたから、ついでに解析してきた」

それを聞いて、タランドは目を見開く。

「さすがだ、ラキスヴァデリ君！　で？　どうだった？　何が分かった？」

「ああ、うん……あの呪詛の原因、僕だ」

ラキスヴァデリはあっさりとそう言って、一同を唖然《あぜん》とさせた。

「そうか……なるほど……どういうことだか説明してくれ」

タランドが額を押さえながら問い質す。

「そのままの意味だよ。呪詛の名前は『忘却の蛇《ハリオン・スカル》』。原因は僕だ」

「『忘却の蛇《ハリオン・スカル》』？　ラキスヴァデリ君、きみがコッセロ卿に呪詛をかけたのか？」

「かけたんじゃなく原因だと言ってる」

「どういう意味だい？」

タランドは辛抱《しんぼう》強く問いを繰《く》り返す。班長は本当に心が広いと皆が思ったに違《ちが》いなかった。ラキスヴァデリは無表情でじっとタランドを見つめ返し、

「命令式が欠けてるみたいだ。失敗なのか故意なのか分からないけど、志向性を失ってる。けど、牙《きば》は確かにこっちを向いてた。つまり――ここの流れとここの流れが分断されてて繋《つな》がってないんだけれど、この奥のところはこうなってるということ」

ラキスヴァデリは指先で宙に素早く何かを描く仕草をした。

タランドは真剣な顔でその動きを見つめ、班員達を振り返った。

「誰か、通訳！」

その言葉を聞いた途端、班員達はいっせいに端のエレインを見た。

「出番だぞ、取扱《とりあつかい》説明書！」

すぐ隣にいたブルドゥハラがエレインの背を叩《たた》く。

そのあだ名やめてほしい……そう思いながらもエレインはラキスヴァデリの方を向く。けれど、エレインが口を開く前に彼は言った。

「僕が原因だから、僕が片付けるよ。じゃ」

と、軽く手を挙げて研究室を出ていった。

「おいこら、待ちなさい――って、聞いてないな……エレイン君、追いかけろ！」

上司にビッと指で示され、エレインはすぐにラキスヴァデリの後を追う。廊下《ろうか》ですぐに追いつくと、彼の襟首《えりくび》を後ろから捕《つか》まえた。

「勝手に行動しないで下さい。先輩が一人で何かすると、大概《たいがい》ろくでもない……」

「来なくていい」

エレインの言葉を遮《さえぎ》って、ラキスヴァデリは言った。

「邪魔《じゃま》だし、迷惑《めいわく》だし……エレインは来なくていい」

その言葉が耳に届き、エレインはぴしりと凍《こお》り付いた。

「みんなのところに戻って、大人しく良い子にしてるんだよ」

ラキスヴァデリはよしよしとエレインの頭を撫《な》で、踵《きびす》を返して行ってしまった。

全身を強張《こわば》らせたまま、エレインは廊下に立ち尽《つ》くす。

しばらくすると、ばたばたと足音がして、他班の呪い師が第三班の研究室へ駆《か》けこむのが視界の端に見えた。

「失礼します！　二人目の犠牲者《ぎせいしゃ》が出ました！」

五月二十日午前十時——王宮女官ナディア・ソルダレンカが、自室で昏倒《こんとう》しているところを発見される。左手首に噛《か》み痕《あと》。処置間に合わず、一時間後に痣《あざ》は開花。被害者は父親と婚約者の記憶を失う。なお、不仲な母の記憶は保持。

五月二十日午前十一時――出入り商人モイド・ヤミーが、王宮御用口《ごようぐち》にて野菜を納めている途中、右脹脛《ふくらはぎ》を噛まれ昏倒。処置が早急だったため、痣は膝頭《ひざがしら》で停滞《ていたい》。しかし進行を完全には止められず、数日後には心臓に達すると思われる。

五月二十一日深夜――官吏《かんり》ジェレミー・ロックが、執務室《しつむしつ》で残業中、右手首を噛まれ昏倒。発見時には痣が心臓間際に達していたため処置不能。痣の開花後、被害者は恋人と友人の記憶を失う。なお、疎遠《そえん》な家族の記憶は保持。

五月二十三日午後一時――出入り商人モイド・ヤミーの痣が開花。娘と息子《むすこ》の記憶を失う（妻はすでに他界）。

五月二十三日午後七時――王宮楽師サラディン、ノービス、ユリア、王宮女官ミナ、マリッサが次々噛まれ昏倒。処置して進行を遅《おく》らせ、ノービス、ユリア、ミナは現在も意識不明。サラディンとマリッサは進行早く、二十四時間後に痣が開花。マリッサは家族、友人、サラディンの記憶を失う（片思いだったという証言有り）。サラディンは恋人（複数）、家族、友人、同僚《どうりょう》、全て記憶を保持。しかし飼《か》い猫の記憶を失う。

現場に遭遇《そうぐう》した複数の人間から、被害者が倒れる寸前、光る蛇《へび》のような形をしたものを見たとの証言あり。なお、すでに亡《な》くなっている人間の記憶を失った者はいない。

「……数日でここまで被害者が出るか……」

第三班の研究室の机に着き、タランドは唸《うな》る。

机を挟《はさ》んで立っていたエレインは、険しい顔で後ろ手を組み、

「怨恨《えんこん》──という線は考えにくいですよね」

そう尋《たず》ねた。他の班員達は出払《ではら》っていて、部屋の中にいるのはエレインとタランドの二人だけである。

「だろうね。共通点がなさすぎる。失われる記憶の条件は、愛している人、大切な相手──ということだろう。愛するものが猫しかいないと世間にばれるのもどうなんだろうな。新手の嫌がらせか」

タランドはつまらない冗談を言って軽く笑った。

「……何が目的なんでしょう……無差別に大事な人の記憶を奪《うば》って、犯人は何を得することがあるのか……」

こんな呪詛に何の意味があるのか分からない。本当に嫌がらせかと思うくらいだ。

「呪詛の解析は進んでいる？」

「手分けして解析中ですが、まだ三割程度です」

「……ところで、エレイン君。きみの先輩は、どこで何を？」

聞かれてエレインの表情が強張った。剣呑《けんのん》に目を細め、

「さあ、知りません」

と冷ややかに言い切る。

「来るなと言われましたし、邪魔だと言われましたし……」

そう続けると、タランドは渋《しぶ》い顔になった。

「彼は犯人ではない——と信じたいところだが、基本的に彼は嘘《うそ》を吐《つ》かないからね。エレイン君、『自分が呪詛の原因だ』と言った彼の真意を確かめてくれないか。今のところそれしか手掛《てが》かりがないんだから」

「嫌です」

あの日以来、エレインはラキスヴァデリと一度も口を利《き》いていない。近付きもしていない。思い出すだけでムカムカするから頭に浮《う》かべてすらいない。

「怖《こわ》い目付きだな……機嫌を損《そこ》ねる気持ちは分からないでもないけど、そんなことを言ってる時じゃない。他国の使者を招いた舞踏会《ぶとうかい》が控《ひか》えている。中止を進言したけど『呪詛に襲《おそ》われているから舞踏会を中止にしますなどとは言えない』と舞踏会の責任者から一蹴《いっしゅう》されてね。呪詛が横行する中で舞踏会を開くなんて危険なことをさせな

いため、早く事件を解決しないといけないんだ。分かるね？」

優しいのに有無《うむ》を言わさぬ強さを含《ふく》んだ声でタランドは言った。

「……分かっています」

「分かっているならいい。これは上司の命令だよ。ラキスヴァデリ君がどういう意味であの発言をしたのか聞きだしてきてくれ。どんな手を使ってでも」

「……どんな手でも……例えば暴力的な行為《こうい》に及《およ》んででも——ということですか？」

荒《あら》くれ者がそこかしこにいた貧民街での生活《かし》が抜《ぬ》けきらないせいで、エレインはそんな発想が湧《わ》いた。タランドはガクッと体を傾がせた。

「どうしてそうなるかな……違うよ。一発ちゅーでもぶちかましておやりなさいという話だよ。それでイチコロに決まってる。彼は複雑怪奇《ふくざつかいき》に見えて実は単純明快だ」

「甘いもので釣《つ》れば少しは話してくれるかもしれませんね。分かりました、マッキー屋で何かお菓子《かし》を買ってきます」

エレインはタランドの冗談を清々《すがすが》しいほど華麗《かれい》に聞き流して部屋を出た。

マッキー屋でリンゴとカボチャのパイを買い、エレインは王宮に戻《もど》った。

技術者の住まう区画から離れた王宮の中央近くには、王宮内で一番高い建物である時計塔《とけいとう》がそびえたっている。エレインは時計塔を見上げ、扉《とびら》を潜《くぐ》って長い階段を上り始めた。気が遠くなるほど上り続け、てっぺんにたどり着く。大きな鐘《かね》の吊《つ》るされた見晴らしのいい展望台に出ると、エレインは展望台の縁《へり》に腰かけているラキスヴァデリを見つけた。エレインに来るなと言ったあの日から、彼は毎日この場所に座って空を眺《なが》めている。

それにしてもあんなところに座って……万が一落ちたら即死《そくし》だ。危ないから降りるようにと声を発しかけ、エレインはぴたりと固まる。目を大きく見開いて、ラキスヴァデリを食い入るように見つめた。

ラキスヴァデリが光っている……いや、違う。彼の周囲の空気が輝いているのだ。あれは『呪《フィー》』だ。常態では不可視な『呪』が可視化され、形を変え、色を変え、彼の周りを巡《めぐ》っている。ラキスヴァデリは空を見つめたまま指を動かしていた。それに従うかのように、図形は激しく変化してゆく。

エレインの全身に鳥肌《とりはだ》が立った。

ラキスヴァデリは呪《まじな》いを行っている。本来ならば薬剤《やくざい》を調合したインクで紙や布や陶器《とうき》や金属に描《えが》くはずの呪術陣を、空に描いているのだ。

その陣《じん》は、あまりに微細《びさい》であまりに美しく一点の曇《くも》りもない。

どれだけ手を伸ばしても届かない別次元の生き物を覗《のぞ》き見ているような遠さを感じた。あまりに遠くて、あまりに清浄で、近付けない。そう思い、エレインは胸の中に黒いインクを落としてゆくような感覚を覚えた。

視線を外すことが出来ないままじっとラキスヴァデリを見つめていると、

「マッキー屋のキャラメルリンゴとカボチャの焼きたてパイ？」

空を見たまま彼は言った。

「……鼻がいいですね」

そう呟《つぶや》いてエレインは足を進める。真後ろまで近付くと、ラキスヴァデリは振《ふ》り向いた。さっきまで周囲を取り巻いていた『呪』はすでに不可視となっている。

胸の中の黒い染《し》みがじわじわ広がっていくような錯覚《さっかく》が起こったが、それをどうにか無視して、エレインはいつも通りの自分を演じた。

「先輩、この前言った言葉の意味――それと、先輩が今何をしてるのか――ちゃんと説明してください。そしたらこのパイを食べさせてあげます」

「……最近機嫌が悪そうだったのに、突然どうした？」

意外と鋭《するど》く尋ねられ、エレインは顔をしかめる。

「タランド班長の指示ですから」

「…………エレインはタランドの言うことなら聞くんだな」

「尊敬する上司ですから」

「…………そう…………そのパイはエレインが自分で食べるといいよ」

ラキスヴァデリはそう言って、再び空を見上げた。遠まわしに答えたくないと言われたのだ。エレインは少なからず動揺《どうよう》し、どんどん濃《こ》くなる胸の中の闇《やみ》に押《お》されてぎりと歯噛みした。自分はラキスヴァデリが呪詛の犯人だなどと思っていない。何をしているのか言ってくれれば手伝える。それなのに……

「……私……そんなに役に立たないですか……？」

胸の中が黒く塗《ぬ》りつぶされ、低い声音《こわね》でエレインは呟いていた。ラキスヴァデリが不思議そうに振り返った。エレインはその視線から逃《のが》れるように俯《うつむ》く。

「そうですよね。私なんて役に立つわけないですよね。だって先輩《せんぱい》は天才だもの」

口にすると驚《おどろ》くほどすとんとはまった。そうだ……ラキスヴァデリは天才だ。この溢《あふ》れる才に、エレインはどう抗《あらが》っても届かない。同じ景色を見ることは出来ない。それを認め、俯いたまま拳《こぶし》をきつく握《にぎ》る。

「？　エレイン……どうした？」

尋ねてくるラキスヴァデリがどんな顔をしているのか、下を向いているエレインには見えなかった。

「どうもしません。これが私です。私はこういう人間で、どうしたって先輩みたいにはなれないんです。そんなこと本当はずっと前から分かってました。先輩だって気付いてるはずです。だから私に邪魔《じゃま》だと言ったんでしょう？」

「エレイン」

もう一度名を呼ばれたが、エレインは口を閉じることが出来なかった。

「馬鹿《ばか》みたいだって思ってました？　思うわけないですよね……先輩はそんな次元にいないもの……。でも、無意味だとは思っていたんでしょう？　いつもいつも言ってましたものね。無駄《むだ》だよって……」

「エレイン！」

ラキスヴァデリはさっきより強く名前を呼んでエレインの顎《あご》をつかみ、無理矢理顔を上向かせた。

「ちゃんとこっちを見るんだ」

間近で顔を合わせ、その瞳《ひとみ》に自分の姿が映っているのだと思った瞬間、エレインの頭はカッとなった。今この世界の誰よりも、この人に自分を見られたくない――！

「放して！」

叫《さけ》ぶと同時にラキスヴァデリの手を乱暴に振り払う。

「私……先輩が大嫌いです！」

叫ぶように言って目を逸《そ》らし、エレインはその場から離れた。


時計塔を下り、庭園を歩き、『呪い師の館《ステルスワーカー》』にある第三班の仕事部屋まで戻る。

「エレイン君、どうだった？」

「失敗しました」

タランドの問いに短く答え、エレインは自分の席に座って机に突《つ》っ伏《ぷ》した。

「タランド班長……私は最低ですね」

「何かあった？」

一番奥の机に着いていたタランドが心配そうに聞いてくる。

「……私……本当は分かっているんです。ラキスヴァデリ先輩は、努力もしないで才能に胡坐《あぐら》をかいている最低最悪の奇人変人変態呪い師なんかじゃない――ってこと」

「……すごい言い方だね」

タランドは苦笑《くしょう》した。エレインは振り絞《しぼ》るようにして言葉を紡《つむ》ぐ。

「……私本当は、先輩を追い越《こ》したいわけじゃないんです。私は……先輩みたいな人間になりたかったんです」

嫌いだから踏《ふ》み台にして追い抜いてやる——なんて言い続けてきたけれど、本当の気持ちから逃げているだけだと心のどこかで気付いていた。

「だけど……私は自分がどれだけ汚い人間なのかってことも分かっているんです。こんな惨《みじ》めで汚い俗物《ぞくぶつ》が、あんな風になれるわけないって分かっているんです。だって、ラキスヴァデリ先輩は本物の天才だから……」

エレインは顔の横に置いた拳をきつく握りしめる。タランドは考えるように間を挟《はさ》み、ややあって言った。

「俺の母親は王の寵愛《ちょうあい》を一身に受けた寵姫《ちょうき》だったけれど……母が亡《な》くなった後、王の寵愛はすぐに別の女性へと移った。どんなに必要だと感じられても、失われれば別の誰かがその穴を埋《う》めるんだよ。愛にすら『代わり』があるんだ。才能にだって『代わり』はある。いくらでもね。どれほどの天才だろうが、いなくなれば誰かが代わりをするものさ。解析眼《メルタ・イーダ》の持ち主だって同じことだ。自分を貶《おとし》める必要はないよ」

エレインはその言葉を聞いて驚き、ゆっくりと顔を上げた。平然とした顔をしているタランドを見て、ふっと笑ってしまう。

——この人……私に似てる——

「……班長……ラキスヴァデリ先輩の本当の才能は、解析眼《メルタ・イーダ》なんかじゃありません。あんなのは、おまけみたいなものです」

「国内でも数えるほどしかいない稀《まれ》な能力がおまけ？　なら、ラキスヴァデリ君の才能はいったいどこにあるときみは思っているの？」

エレインは口を開いて言葉を発しかけ、しかし答えなかった。自分が思っていることを人に言葉で伝えようとしても、たぶん伝わらないだろう。彼の才を本当の意味で理解しているのは、過去に同じ才を目の当《ま》たりにしたことがある自分だけだ。

ラキスヴァデリの才能は解析眼《メルタ・イーダ》なんかじゃない。

彼が持っているのは――『世界を愛する才能』だ。

最初に会った時、エレインは彼の無表情を無関心の表れなのだと思った。けれど、毎日一緒《いっしょ》にいればそれが間違《まちが》いだったと分かる。彼はみんなのことが好きなのだ。人だけではなく、空や鳥や木や……世界の全部が好きなのだ。人間が人間と通じるために発達した『表情』というものは、彼にとってあまり重要ではないのだろう。

ラキスヴァデリはこの世界の美しさを知っていて、心から世界を愛している。だから彼は、出世にもお金にも名誉《めいよ》にも権力にも称賛《しょうさん》にも贅沢《ぜいたく》にも興味がなく、何ものにも縛《しば》られない。ただ、与えられたものだけを受け入れて生きている。

それはエレインの最愛の妹と同じ才能だ。

彼はきっと、貧民街に生まれても王族に生まれても変わらないだろう。どこに生まれてどう育っても、変わらず世界を好きになるはずだ。

彼が呪いを行う理由は、呪いという美しい現象を愛していて、それを人に喜んでほしいから——それだけなのだ。色々ずれていて迷惑《めいわく》な騒動《そうどう》を起こしても、彼の根底にあるものはそれだ。雑念なんて何もない。

呪いは人の心を反映する。だから彼の使う呪いは、あんなにも美しいのだ。

エレインはそんな風になれない。

貧しい境遇《きょうぐう》を恨《うら》み、自分より恵《めぐ》まれた人間を羨《うらや》み、自分を見下した人達を見返してやりたいと思い、世界の色んなものを嫌い、様々な出来事に腹を立てる。与えられた境遇が気に入らなければ、どれだけ抗ってでも変えたいと思ってしまう。

ラキスヴァデリを見ていると、自分が酷《ひど》く浅ましい俗物だと思い知らされるのだ。自分の心は歪《ゆが》んでいて、汚くて、良いところなんて一つもない。

エレインは世界の色々なものが嫌いで……何より自分が嫌いだ。

きっとラキスヴァデリはこんな自分を軽蔑《けいべつ》しているだろう。だから昔も今もエレインを相手にしないのだ。

エレインは大きく息をついた。首を巡《めぐ》らせると、タランドがこちらを見ていた。

「どうするの？」

彼は試《ため》すように聞いてきた。

「仕事に戻《もど》ります」

エレインはきっぱりと答えた。

どれだけ自分が嫌いでも、今更《いまさら》生き方を変えるつもりなんてない。

エレインは出世を目指す俗物で、これからもそうやって生きていく。

そう決意して立ち上がった。


第三班の呪い師達が総力を挙げて取り組み、呪詛の解析《かいせき》はゆっくりと——しかし着実に進んだ。おそらく犯人は無資格呪い師だろうというのが第三班の見解だった。

エレインは使用された薬物の特定を任され、地下資料室で古今東西の薬物とそれを使った記憶操作の呪詛について調べることになった。

薄暗《うすぐら》い資料室にはずらりと並ぶ棚《たな》と、そこに収められた膨大《ぼうだい》な資料が眠っている。

ランタンの灯《あか》りを頼《たよ》りに、エレインはあらゆる資料を引っ張り出して調べた。

するとしばらくして、静かな資料室の中に足音が聞こえた。

顔を上げると、入り口の方から友人のリディが歩いてくるのが見えた。

「エレイン、ラキスヴァデリ先輩が呪詛の犯人だって本当？」

リディは心配そうな顔で聞きながら、エレインが資料を広げている机に手をついた。

「誰が言ったの、そんなこと」

「みんな噂《うわさ》してる」

それを聞いてエレインはため息をついた。

「先輩じゃないわよ」

「そうなの？」

「先輩がそんなことするわけない」

それはエレインの中で疑いようのないことだった。

「そっか……なら、私もエレインの仕事を手伝う。エレインは、先輩の無実を証明しようとしてるんでしょ？」

リディはそう言って隣の席に座る。

「違うわ。ただ仕事をしてるだけ」

エレインはややきつめに言い返したが、リディは意見を変えなかった。

「五班は今、割と時間があるの。空いた時間に手伝うから、呪詛の正体を突きとめて、先輩の無実を二人で証明しよ？」

そう言って微笑《ほほえ》むリディの瞳はとても綺麗《きれい》だった。

「リディは……先輩が好き……なの？」

今まで一度も確かめたことのなかったそのことを、エレインは何故《なぜ》だか聞いていた。急に気になったのだ。するとリディは目を丸くし、唇の端《はし》を持ち上げた。

「えー？　うーん……好きだ――って言ったら、どうする？」

真っすぐな瞳を向けられて、エレインは真剣《しんけん》に考えた。

「……リディみたいな女の子に好かれたら、先輩は嬉しいだろうなって思うわ」

そう言うと、何となくお腹《なか》の中がチクチク痛むような気がした。どうしてだろうと考えて、きっと朝食べた貝のスープにあたったのだと思い至る。

リディは傍《かたわ》らで朗《ほが》らかに笑った。

「私は男の人に媚《こ》びるしか能のない女だもーん」

「リディの良いところなら、私は百でも言えるわよ」

エレインは思わず目をつり上げて言った。リディは一瞬驚《おどろ》いた顔をして、とろけるような笑みを浮《う》かべた。

「やだなあ……私が男だったら、エレインのこと押《お》し倒《たお》していたかも」

ふふふと笑うリディに、エレインは呆《あき》れ顔を向けた。

「変な冗談言わないで。手伝ってくれるなら、はいこれ。この資料の中から月夜草《つきよぐさ》を使った記憶操作の呪《まじな》いを調べてくれる？」

「はーい」

リディは資料を受け取って、真剣な顔で紙面を見下ろす。

その横顔を見て、リディは本当にラキスヴァデリが好きなのだとエレインは思った。

そして、二人が恋人同士になるところを想像し、またお腹がチクチクした。


リディはエレインの隣で資料をめくりながら考えた。

エレインは本気でリディがラキスヴァデリを好きだと信じているのだろうか？

信じているかもしれない。エレインはびっくりするほど鈍感《どんかん》だから……

訓練生時代からラキスヴァデリがどれだけ言い寄っても、エレインは全然気付いていなかった。彼がエレインを好いていることなんて、訓練所の全員が知っていた。教官ですら知っていた。彼の口説き方は回りくどいようで実はとても率直《そっちょく》なのだから。

だから……リディは二人の邪魔《じゃま》をしたのだ。

ラキスヴァデリに気がある振《ふ》りをした。何でそう感じたのか今ではもう憶《おぼ》えていないけれど、リディはラキスヴァデリが好きではなかったのだ。顔を合わせると嫌な気持ちになった。

淡い吐息《といき》をついてリディは呪詛の正体に思いを巡らせる。

愛する人の記憶を失わせる呪詛なんて、聞いたこともない。

誰が、何の目的でこんなものを――？

実のところ、ラキスヴァデリが犯人である可能性を、リディは捨てきれていない。けれど……と、リディは傍らを見る。ラキスヴァデリが犯人だったら、エレインはきっと傷付くだろう。だってエレインは不思議なくらい彼の無実を信じている。

エレインは良くも悪くも潔癖《けっぺき》過ぎるのだ。だから清廉《せいれん》ではいられない自分を嫌い、純粋《じゅんすい》なものに憧《あこが》れを抱《いだ》く。もっとも、はたから見ればラキスヴァデリという人は、好きな女の子の気を引くためにしょうもないことをする結構な俗物なのだが……エレインの目には違って見えているらしい。

「……エレインて……どうやって育ったらそんな風になるの？」

思わずリディは聞いていた。

「え？　育ちが悪いってこと？」

「違ーう。どうやったらそんな綺麗に育つのかなーって思ったの」

呆れた声で言い直すと、エレインはびっくりした顔になった。彼女は自分が綺麗だなんて一度も思ったことはないに違いない。案の定彼女は怪訝《けげん》な顔をして、

「……私は貧民街出身の意地汚い人間なのよ」

「えー？　私だって貧しい田舎《いなか》の出身だよ？　食べていくのが精一杯《せいいっぱい》。母さんは死ぬまで苦労し通しだったんだから」

軽く言った瞬間、エレインの表情が曇《くも》った。しまった——と、リディは思う。エレインは家族が亡《な》くなるということに敏感《びんかん》だ。話を聞くだけで辛《つら》そうな顔をする。それを知っているから今まで母が亡くなっていることは言わなかったのに……。

「リディは一人っ子だったっけ。じゃあ……今はお父さん一人なのね……」

「あ……えっとね……んーと……」

困った……でも、嘘《うそ》を吐《つ》いて後でばれたら気まずい。リディは正直に打ち明ける。

「私ね、お父さんいないんだ。元々どんな人だか知らないの」

エレインの顔が益々《ますます》曇るのを見て、リディは殊更《ことさら》明るい顔を作ってみせた。

「母さんが言うには、お父さんは王子様みたいな人だったんだって。馬車も宝石もたくさん持ってて、すごくお金持ちなの。母さんは昔王都で働いてたって言うから、お

父さんは結構偉《えら》い人だったんじゃないかなって、私思ってるんだ。実は私って、いいところのお嬢様《じょうさま》なのかも。ねえねえ、そういうの似合うと思う?」

冗談ぽく言いながら、ぶりっ子風に指先を頬《ほお》へ当てる。

作り笑いなんて簡単だ。なにせ自分は媚びるしか能のない女だから。

恵まれた容姿を最大限に使ってお金や地位のある男の人に笑いかければ、貧しい暮らしが少しだけ楽になった。体の弱い母を助けてあげられた。それだけの理由で、リディは今まで媚びて媚びて媚び続けてきたのだ。

「お嬢様のリディって、すごく似合うと思う」

エレインは少し考え、真面目《まじめ》な顔で答えた。

ああ……やっぱりこの子可愛《かわい》いなあ……なんてリディは思う。

訓練所でリディに偏見《へんけん》を持たなかった女子はエレインだけだ。

こんな可愛い子が傷付いていいはずがない。

だからどうか……どうか彼が犯人でなければいい……

第五章　謎《なぞ》の病の病原体

親愛なるミシェルへ

今月は会いに行けると言ったけれど、しばらく会いに行けないかもしれません。お姉ちゃんは頑張《がんば》ります。その内また会いに行きますから待っていてくださいね。

六月二日　エレイン・ハートネット

呪詛《ヴィラド》の解析《かいせき》は少しずつ進んだ。しかし時間が足りず、呪詛は解かれないまま舞踏会《ぶとうかい》の当日を迎《むか》えることになる。

仕方がなく、第三班は舞踏会場に厳重な呪いをかけ、参列者の安全を確保することに全力を注いだ。

「エレイン君、急で悪いがきみにも舞踏会に参加してほしいんだ」

舞踏会当日、直前になってタランドが言い出した。

「え？　それはどういう……」

突然のことに眉《まゆ》をひそめてエレインは聞き返した。

「俺も参加者なんだけど、一人で出席するのは体裁《ていさい》が悪いだろう？　だから、警備を兼《か》ねて一緒《いっしょ》に出席してほしいんだ。他のみんなには外からの警備と呪いの維持《いじ》を任せてある。あと、他班に要請《ようせい》を頼《たの》んだら、二班からサザン君、五班からマインハット君が来てくれることになった」

エレインは驚いてまばたきした。マインハットというのはリディのことだ。

「分かりました。白衣で参加しても大丈夫ですか？」

警備なのだから当然制服だろうと安易に考え、白衣の胸元を押さえる。

「いや、さすがにそれはね……ドレスを用意してあるから着替えてくれるかい？」

「ド、ドレス……？」

今までの人生で着た経験どころか、発音したのも珍《めずら》しいくらいの言葉を突《つ》き付けられて、エレインは仰《の》け反《ぞ》った。自分がドレス？　絶対似合わない！

「ほら、時間がないから急いで」

急《せ》かされて、抗議《こうぎ》する間もなくエレインは他の部屋へ誘《いざな》われ、そこで着替えることになった。


舞踏会場は王宮の中央殿《ちゅうおうでん》一階にある大広間だった。

広々とした空間に煌々《こうこう》と明かりが灯《とも》され、大勢の着飾《きかざ》った人がひしめき合っている。

華麗《かれい》な音楽が流れ、人々は談笑したりダンスの相手を探したりしていた。

そんな広間に引きずり込まれ、エレインはしかめっ面で俯《うつむ》いていた。

纏《まと》っているのは薄桃色《うすももいろ》の愛らしいドレスだ。ひらひらとした裾《すそ》のドレスは過剰《かじょう》な装飾《そうしょく》がなされておらず、かといって地味すぎるということもなく、絶妙《ぜつみょう》に会場へ溶《と》け込んでいたが、エレインにとっては生まれて初めて着たドレスであり、とても顔を上げられる心地《ここち》ではなかった。

自分がこんな格好をして人前に晒《さら》されるなんて……これは何の拷問《ごうもん》だ？

いっそ、ここでこのドレスを脱《ぬ》ぎ捨てて、下着姿でいた方がまだ恥《は》ずかしくないと思えるくらいの恥ずかしさだった。こんな拷問に世の貴族連中は耐《た》えているというのだろうか？　そう考えると、彼らがとてつもない勇者に思えた。

「エレイン君、顔が怖《こわ》いよ。大丈夫かい？」

隣にいたタランドが笑いながら言った。

「……大丈夫ではありません」

エレインは彼の陰《かげ》に隠《かく》れるような位置に立って答える。

「それじゃあ余計目立つよ。ほら、こっち」

と腕を出され、エレインはその腕に自分の手を控《ひか》えめに回す。

「まあ……タランド殿下よ」

「あら、本当。隣にいるのは誰かしら？」

招待された貴婦人達のさざめきが聞こえてくる。

「班長はもてるんですね」

あまり深い意味もなくエレインは言った。

「あはは、ラキスヴァデリ君の方がもてるだろう？」

「……あれはみなさん、珍獣《ちんじゅう》を愛《め》でているんですよ」

冷たく言い捨てたその時、

「あ、エレイン？」

愛らしい声が後ろから聞こえた。

エレインは振り返り、そこにいる友人を目《ま》の当たりにして目を見張る。

リディはまるでお姫様のように美しかった。着ている物はエレインと同じような目立たないドレスなのに、まるで全身から光を放《はな》っているかのように輝《かがや》いている。

綺麗《きれい》だと言おうとしたその時、

「か……可愛い～～！」

リディは両手で口元を押《お》さえて目を輝かせた。

――え？　何が――？

エレインは辺りをきょろきょろと見回したが、それらしきものは見当たらない。

「やだ、何それ～そのドレス！　エレイン可愛い～～。すっごく可愛い～～！」

うっとりと目を細めて賞賛され、エレインはガクッと肩を落とした。

「そういう冗談はいらないわ」

すぱんと話を切り落とすが、リディはくじけない。

「や～ん、どうしよ～。ねえねえ、一緒に踊《おど》る？　踊っちゃう？」

「踊らない」

エレインが呆《あき》れ顔で断言した時、一人の身形《みなり》の良い男が近付いてきた。彼は真《ま》っ直《す》ぐリディを見て、

「お話し中失礼、よろしければ踊っていただけませんか？」

丁寧《ていねい》に声をかけてきた。リディの顔に一瞬でよそ行きの礼儀《れいぎ》正しい笑みが浮《う》かぶ。

「申し訳ありません。私は警備担当の王宮呪い師《ラグランフィルド》です。警備以外のことは禁じられております」

リディが慇懃《いんぎん》に断ると、男は名残惜《なごりお》しそうに立ち去った。しかしその直後、今度は三人連れの貴婦人達がやってきて、

「タランド様、わたくし達もお話にまぜていただけませんこと？」

期待の眼差《まなざ》しで王子を見つめる。

その後も二人のもとには次々と人が集まり、ダンスに誘《さそ》ったり話をしたりしていた。

エレインはタランドから離れてリディの後ろに隠れ、その様子を眺《なが》める。

見事なくらいエレインを見ている者はいなかった。みんなリディの方ばかりを見ている。そんな友人をエレインは少し自慢《じまん》に思った。

エレインが息を潜《ひそ》めていると、にわかに歓声《かんせい》が上がった。ぴくりと眉を跳《は》ね上げて、エレインは歓声の方に視線を送る。

人垣《ひとがき》の向こうから歩いてくるのはラキスヴァデリだった。

エレインはぎくりとした。彼が出席するとは聞いていない。時計塔《とけいとう》の一件以来まともに顔を合わせてもいなかった。煌《きら》びやかな正装に身を包んだラキスヴァデリは、何

だかいつもと違《ちが》う人のように見える。

彼は数歩離れたところでぴたりと立ち止まり、じっとエレインを見た。

黙《だま》りこくってお互《たが》いを見交わしていると、側《そば》に立っていたリディがエレインの腕に軽く抱《だ》きついてきた。

「こんばんは、ラキスヴァデリ先輩《せんぱい》。どうですか？　私達。似合ってます？」

甘えるような声で問いかける。エレインはぎくりとした。

「……エレイン、そのドレス似合ってないな」

ラキスヴァデリはきっぱりと言った。それはエレイン自身も分かっていたことだが、実際口にされるとムカッとした。

「お、来たね。ラキスヴァデリ君」

貴婦人達と話していたタランドがラキスヴァデリに気付き、笑いながら言った。

ラキスヴァデリはちらとタランドを見て、もう一度エレインの方を向き、

「エレインは……本当にタランドの言うことならよく聞くんだな」

などと言う。どことなく面白くなさそうな気配を漂《ただよ》わせているのは何なんだろう？　とエレインは訝《いぶか》った。そういえば前にも同じようなことがあった。

エレインがタランドを尊敬していると面白くない？

つまり——彼はタランドと仲が悪いのだろうか？　そうは見えないけれど……

難しい顔をしているエレインをじっと見つめ、ラキスヴァデリは首を捻《ひね》った。

「エレイン、まだ機嫌が直らない？」

それが時計塔の一件を指しているのだと分かって、エレインの表情は益々《ますます》硬《かた》くなる。

「……別に機嫌を悪くした覚えはありません」

あれはただの自己嫌悪だ。

「…………態度が悪かったことは謝ります」

「別に謝らなくていい。その代わり一曲踊ってくれたら許してあげよう」

ラキスヴァデリはいつもの無表情でそんなことを言い出した。

「寝言《ねごと》は寝て言ってください」

エレインは反射で返す。ラキスヴァデリはぱちくりとして、僅《わず》かに目元を緩《ゆる》めた。

「今のはいつものエレインだったね」

言いながら、彼はほんの少し重心を前に移動させた。

——あ、撫《な》でられる——

エレインはその動きを見て思った。けれど、ラキスヴァデリの手がエレインを撫でるより前に、リディの華奢《きゃしゃ》な手が彼の袖《そで》を引いた。

「せーんぱい、踊りたいなら私と踊りません？」

愛らしい笑みを浮かべて誘いかける。

「いや、いいよ」

ラキスヴァデリはあっさりと断った。リディはぷうっと頬《ほお》をふくらませる。

「先輩ってば意地悪ー」

「仕事中だからね。真面目《まじめ》に仕事をしよう」

どの口が言うかと突っ込みたくなるようなことを言って、ラキスヴァデリは手を伸ばした。その手がリディの頭を軽く撫でる。リディは驚《おどろ》いた顔になった。

その光景を見てエレインは固まった。

ラキスヴァデリがエレイン以外の誰かの頭を撫でるところを初めて見た。

しばらく固まった後ゆるゆると体を動かし、エレインは自分の胸を押さえた。

――ん？　何これ……胸が……痛いような気がする――

「エレイン？　どうしたの？」

リディがエレインの異変に気付いて心配そうに言う。

「……リディ……私、なんだか変。胸が痛いんだけど……病気？」

痛む胸を押さえて首を捻っていると、リディが何故《なぜ》か呆れた顔をし、次いで優しく微笑《ほほえ》んだ。

「きっと、緊張《きんちょう》して疲れちゃったんだよ。ちょっと風に当たってきたら？」

「うん……そうする」

「じゃあ僕が一緒《いっしょ》に行こう」

そう言ったのはラキスヴァデリだった。顔を上げて目を合わせた途端《とたん》、エレインの胸の痛みが増す。

――ええ？　何これ……意味分からない――

「結構です、一人で行きます。ついでに、呪《まじな》いの様子も見てきますから」

何だかラキスヴァデリの側にいると落ち着かない気がして、エレインは素早くその場を立ち去った。


エレインの姿が見えなくなると、ラキスヴァデリはタランドの方を向いた。

「タランド……エレインを利用するのはよくないな」

タランドは満足そうに笑っていた。

「そう思うなら来ちゃダメじゃないか」

「タランドは悪い男だ……」

「エレイン君は以前、きみを動かしたければ甘いものと絵本で釣《つ》ればいいと言っていたけど、大きな間違いだ。あの子はもしかして、少し鈍感《どんかん》なのかな？」

くっくと楽しそうに笑いながらタランドは言葉を継《つ》ぐ。

「簡単な話だよね。第三班の呪い師《フィリーウィード》はみんな分かってる。ラキスヴァデリ・ストングレーを動かしたければ、エレイン・ハートネットを動かせばいい――ってね」

「だからトニーが呪詛を受けた時も、今日も、タランドはエレインを呼んだのか？」

ラキスヴァデリは僅かに声を低めたが、タランドは平然と答えた。

「それがきみをこっちの望むように動かす一番確かな方法だ。エレイン君は、自分がきみに対してどれだけの影響力《えいきょうりょく》を持っているのか分かっていないらしい」

「頑張《がんば》ってるエレインを利用するのはダメだ、タランド」

「悪いけど、俺は使えるものなら何でも使うよ。ラキスヴァデリ君、きみの目にこの場所はどんな風に見えている？　煌びやかな王宮？　だけどね、そんな場所に何の後ろ盾《だて》もなく生まれてみるといい。どんな手段を使ってでも、自分の生きる場所を確保しようと必死になるから」

笑顔の中に冷たい気配を宿し、タランドは言う。

「きみも――エレイン君も――他の部下達も――みんな俺の道具だ。一つ残らず利用させてもらうよ。その代わり、命がけで大事にすると約束しよう。エレイン君は特別なきみを動かすための、特別な女の子だ」

ラキスヴァデリは感情の見えない瞳《ひとみ》でじっとタランドを見つめ、

「……僕はタランドのそういうところが好きだよ」

ため息まじりに言った。タランドはきょとんとする。

「きみと話してると力が抜《ぬ》けるなあ……」

そう言って彼は笑った。

「さて……ちょっと挨拶《あいさつ》回りをしてこようか……ラキスヴァデリ君、エレイン君のことは頼《たの》んだよ」

話は終わったというように、タランドはひらひらと手を振《ふ》って背を向けた。

「タランド」

ラキスヴァデリはその後ろ姿を呼び止める。

振り返ったタランドに、ラキスヴァデリは言った。

「僕は別に特別じゃないよ。好きな女の子が他の男を尊敬してたら、面白くないなと思うし……好きな女の子が他の男の選んだドレスを着てたら、自分の方がもっと似合うドレスを選んであげられる——とか思う。そういう普通の男だ」

「……そうか、分かった」

タランドはニッと笑って答えると、今度こそ背を向けて立ち去った。

大広間を出て周りの廊下《ろうか》を歩いていると、いつしか胸の痛みは治まっていた。どうやら一過性のものだったらしい。重大な病ではなかったことにほっとする。

外へ出たついでに大広間にかけられた呪いの様子を確かめておこうと思い、エレインは廊下を進んだ。大広間をぐるりと囲む廊下の四つ角に、一つずつ呪術陣《フィルディーン》が仕込んであり、それによって辺り一帯に呪詛を禁じる呪いがかけられている。

広範囲《こうはんい》に仕込めないことと、長時間の効果が見込めないことが欠点だが、舞踏会《ぶとうかい》の客を守るくらいは可能だ。

エレインが一番近くの角に近付いてゆくと、廊下の先から人の言い争う声が聞こえてきた。エレインは眉《まゆ》をひそめて足を速めた。

声の方へ近付くと、そこには二人の若い男と一人の娘がいた。

娘はエレインと同期で第三班に配属された新人呪い師のユナだった。

彼女はこの場所に仕掛《しか》けられた呪いの見張りを務めていたはずだ。

制服の白衣を着たユナは泣き出しそうな顔で男達と対峙《たいじ》し、必死に何かを訴《うった》えている。彼女に詰《つ》め寄る二人の男はいかにもお金をかけていそうな装飾《そうしょく》の多い衣装を身に纏《まと》い、酔《よ》っ払《ぱら》っているのか顔が真《ま》っ赤《か》だ。

「お、お願いします、これに触《さわ》らないでください。これは警備のために用意された、とても大事な呪術陣なんです」

ユナが庇《かば》っているのは廊下の角にある台の上に置かれた壺《つぼ》だった。中に酒と薬草が満たしてあり、壺には特別調合のインクで陣《じん》が描《えが》かれている。会場の警備を担《にな》う呪術陣の一角だ。万が一中身をこぼしたり壺を割ったりしたら呪いは効果を失う。

「だーからあ、ちょっと見せてくれればいいんだって。何？　俺達に逆らうの？　俺らの父親が誰だか分かってる？」

言いながら、男の一人がユナの肩を馴《な》れ馴《な》れしく抱《だ》いた。ユナは怯《おび》えきって震《ふる》えながらも、必死に抵抗《ていこう》する。

「これは……特別なものなんです。お願いですから……」

「特別な酒なんだろ？　すげーいい匂《にお》いがするからちょっと興味あるだけだって」

そう言って男の一人が壺に手をかける。

「ダメです！」

ユナは男の手を払って壺を守るように抱きしめた。

「カッチーン。何今の。ムカついたー。すげー腹立った。もーダメだよ。君、俺を怒《おこ》らせちゃったよ。あーあ、どうするの？　責任とれよ」

男はユナの手を乱暴につかみ、引きずって連れていこうとする。

「おやめください」

エレインはとっさに制止していた。酔っ払い達は同時にこちらを向く。

「はあ？　誰だよお前。偉《えら》そうに……俺達に命令するのかよ」

「我々王宮呪い師《ラグランフィルド》は、呪いを遂行《すいこう》する妨《さまた》げになる場合、その相手を排除《はいじょ》する権利があります。それを実践《じっせん》されたくなければ、今すぐ会場へお戻《もど》りください」

エレインは男達の前に立ち、強い口調で告げた。それが脅《おど》しであることに、酔っ払った彼らが数拍《すうはく》おいて気付く。

「誰に口を利《き》いているつもりだ！　俺はギーニョ侯爵《こうしゃく》の息子《むすこ》だぞ！　舐《な》めるなよ！」

男の一人が自分の胸を押《お》さえて父親の地位を振りかざした。

顔は真っ赤で目は血走り酒臭《さけくさ》い臭いのする男に、理性は感じられない。

「こんなもんがそんなに大事かよ！」

男の一人が壺に手をかけ、ひっくり返そうとする。エレインはすっと目を細め、男の手をがしっとつかんだ。

「壺から手を離しなさい」

「こんなもんぶっ壊してやるよ！　金でいくらでも解決できるんだからな！」

男は力ずくで壺をひっくり返そうとする。エレインは小さく舌打ちし、空いていた方の手で男の髪を鷲掴《わしづか》みにした。

「い……ぎっ……！」

痛みに声を上げて男は壺から手を離す。男の髪をつかんだまま、エレインは彼の側頭部を廊下の壁《かべ》に叩《たた》きつけた。男は頭を押さえてその場にうずくまる。

「侯爵様のご子息とは存じ上げませんでした。申し訳ありません。私はなんという失礼なことを――なんて言うとでも？」

抑揚《よくよう》のない声で言葉を重ねると、エレインは獣《けもの》のように目を鋭《するど》くして、うずくまる男の傍《そば》にドンッと足をついた。冷たく男を見下ろし――

「てめえ……貧民街育ち舐めるなよ」

地を這《は》うような低い声で告げる。全身から放たれる威圧感《いあつかん》に、男達は赤い顔を一瞬で青くし、ウサギのように逃げていった。

怯えていたユナがへなへなとその場に座り込む。

「大丈夫？」

「う、うん……ごめんね。私が頼《たよ》りないばっかりに……」

ユナまでこっちを見てびくびくとしている。エレインはちょっと傷付いた。

「呪いが破損しなくてよかったわね」

何でもない風を装《よそお》ってエレインは言った。その時、ユナはエレインの背後に目を留めて小さく「あ」と声をもらす。エレインがその視線に誘《さそ》われて振り返ると、そこにラキスヴァデリとリディが立っていた。音もなく無言で近付かれ、エレインはぎょっとした。何故か胸の痛みがぶり返す。

「エレイン、迎《むか》えに来たよ」

と、彼は言った。

「先輩《せんぱい》……今の……見てたんですか？」

「今のって？」

小首を傾《かし》げられてほっとする。見られていなかったならいい。

「何でもないです」

「エレインが酔っ払いをぶっ飛ばしてチンピラみたいな脅しをかけたところ？」

エレインはピシッと固まった。

「……見てたんじゃないですか」

「見てたよ。まるで野獣《やじゅう》みたいだった」

さらりと言われ、エレインの顔は見る見るうちに赤く染まる。

「……悪かったですね、野獣で」

「まったく悪くない。エレインが野獣で猛獣でケダモノなことなんて、僕はずっと前から知ってる」

「……昔から変わらず下品な女だとおっしゃりたいんですね」

エレインは鋭く目を細めて言った。

「下品上等！　私はそういう人間です！」

犬歯をむき出して高らかに言い放ち、自分の胸を叩く。

「そうだな、エレインはそういうのがいい。機嫌が直ったみたいで安心した」

そう言って、ラキスヴァデリは手を伸ばしてきた。

頭を撫《な》でようとしたその手を、エレインはぱっと後ろに下がって避《よ》けた。

ラキスヴァデリは首をかしげ、宙に浮《う》かべた手で手招きした。

「おいで」

「……嫌です」

エレインは後ずさりしながら言った。

「何故《なぜ》？」

「先輩に撫でられたくないから――」

「どうして？」

「どうしてって……」

あれ？　どうしてだろう？

「分からないけど……嫌なものは嫌なんです」

エレインはラキスヴァデリに背を向けて、その場を立ち去った。


「せっかく機嫌が直ったと思ったのに、何が気に入らなかったんだ……？」

エレインが行ってしまうと、ラキスヴァデリは不思議そうに言った。

「エレインの機嫌……直ってたんですか？」

同じ班の後輩であるユナが疑わしげに尋《たず》ねる。

「機嫌がいい時のエレインは威勢《いせい》よく怒っているからね」

「先輩が野獣なんて言うから、怒ったんじゃ……？」

「エレインがあんまりカッコよかったからね」

「ラキスヴァデリ先輩……もしかして今の……褒《ほ》めたつもりなんですか？」

ユナは恐《おそ》る恐《おそ》るといった風に聞いた。

「隅《すみ》から隅まで褒めてたけど？　エレインはどうしてあんなにカッコいいんだ……」

「あの……それ、本人に言った方がいいと思いますけど……」

ユナは控《ひか》え目に提案する。

「え？　毎日言ってるよ」

「……たぶん先輩の好意って、全然伝わってないんじゃないかと……」

「まさか。これだけ毎日口説いてて、伝わってないわけがない。そんな摩訶不思議《まかふしぎ》なことがどうして起こるというんだ」

「それはね、先輩。先輩が間の悪い男で、エレインが鈍感《どんかん》な女の子だからですよ？」

今まで黙《だま》っていたリディがにこやかな笑顔で言った。

言われたラキスヴァデリは、ただただ不思議そうにまばたきしていた。


——何これ、本当に胸が痛い……心臓の病気——？

「ミシェル……お姉ちゃんそっちへ行くかも……」

胸を押さえて呟《つぶや》きながら、エレインは大広間をぐるりと囲む廊下《ろうか》を歩く。

死ぬのなら……最期《さいご》に頭を撫でてもらえばよかった……そう思った。

子供扱《あつか》いされているみたいで腹が立つ時もあるのに、何だか悔《く》いを残しているような気がする。

——なんで私……撫でられたくないって思ったのかしら——？

ラキスヴァデリがリディの頭を撫でていた姿を思い出す。

彼が頭を撫でるのは自分だけだと思っていたけど……他の誰かを撫でるところなんて見たこともなかったけど……知らなかっただけで、本当は他の子の頭も撫でていたのかもしれない。

けれど、それでエレインが頭を撫でられたくないなんて思うのは変だ。

結局自分はラキスヴァデリに、どうしてほしかったのだろう？

大きなため息が出たその時、廊下の向こうから突然何かが割れるような音が聞こえてきた。ぱっと顔を上げ、エレインは一瞬で頭の中を切り替《か》える。

邪魔《じゃま》なドレスの裾《すそ》を大きくたくし上げ、かかとの高い靴《くつ》を脱《ぬ》ぎ捨てて、もふっとした絨毯《じゅうたん》の敷《し》き詰められた廊下を全力で駆《か》けた。

すると、視線の先に割れた壺が見えた。薬草と酒の匂いが漂《ただよ》ってくる。

「何かあったんですか？」

エレインはその場で呪《まじな》いを監視《かんし》していたブルドゥハラに聞いた。

「呪いが発動しやがった。追い払《はら》われた『忘却の蛇《ハリオン・スカル》』が近くにいるぞ」

彼は熊《くま》みたいな体で辺りを見回す。下を見ると、割れた壺《つぼ》に描《えが》かれた呪術陣がバチバチと真紅《しんく》の火花を散らしていた。

「捜《さが》します！」

カンと通る声で言うと、エレインは再び走り出した。裸足《はだし》のまま中央殿《ちゅうおうでん》の外へ出る。足の裏に砂や小石が刺《さ》さった。

庭園で立ち止まり、懐《ふところ》から取り出した紙に描かれた呪術陣を発動させると、薄《うす》紫《むらさき》の煙がふわりと漂った。甘い匂《にお》いが辺りに満ちる。

エレインはそのまま待った。焦《じ》れる気持ちを押《お》し殺し、待って待って待った果てに
――匂いに惹《ひ》かれたそれは現れた。

暗闇《くらやみ》の中からずるりずるりと体を引きずり現れたのは、光の図形を細く巻いて筒形《つつがた》にしたような物体だ。近いもので言うなら光る蛇《へび》。『呪《フィー》』で形作られた蛇がそこにいた。

エレインはドレスの中に潜《ひそ》ませていた短剣《たんけん》を取り出し、鞘《さや》を払う。刃《やいば》には呪術陣がびっしりと描かれていた。

蛇はじわじわとエレインに向かって近付いてきた。

ラキスヴァデリなら、これを見ただけで呪詛の構造を簡単に解析《かいせき》してしまうのだろう――うっかりそう思った途端《とたん》、仕事に集中して忘れていた胸の痛みが蘇《よみがえ》ってきた。

その感覚を振《ふ》り払うように頭を振ったその時、蛇は今までの緩慢《かんまん》な動作が嘘《うそ》だったかのように素早く地面を這った。一瞬でエレインと距離を詰《つ》め、蛇は大きく口を開けると飛びかかってくる。

いつものエレインであれば冷静に対処出来た。しかし、今のエレインはまともな状態ではなく、蛇の牙《きば》を躱《かわ》すことが出来なかった。

蛇はエレインの右手首に嚙《か》みついた。鋭い痛みが全身を貫《つらぬ》く。エレインは反射的に短剣を振るい、蛇を真っ二つに切り裂《さ》いた。破片となった『呪』がエレインの体に散る。しかし蛇はすぐにくっついて元の姿へと戻《もど》り、逃げるように姿を消した。

瞬《またた》く間の出来事で、エレインは呆然《ぼうぜん》とした。『忘却の蛇《ハリオン・スカル》』に嚙まれた……それが何を意味するのか分からないほどエレインは愚《おろ》かではない。

手首の嚙まれた傷口を見ると、そこからじわじわと痣《あざ》が伸びているのが見えた。

腹の底がぞくりと冷える。

今までの被害者《ひがいしゃ》はみな、呪い師と無関係な人達ばかりだった。呪詛に造詣《ぞうけい》の深い専門家である呪い師の中で、最初に呪詛を受けてしまった者が自分――!?

ぎりっと歯嚙みし、袖《そで》をまくり上げて腕を出した。呪詛はじわじわと進行し、エレインの皮膚《ひふ》を侵《おか》してゆく。早く対処しなければ……

エレインは人のいない夜の庭園に座り込み、ドレスの中に潜ませていたいつもの革《かわ》鞄《かばん》から蘭《らん》の葉に似た肉厚のシグマ草を取り出す。それを咥《くわ》えてきつく嚙むと、甘苦い味が口の中に広がり顔をしかめた。

エレインはその格好のまま、千枚通しに似た器具を逆手に握《にぎ》る。そして、嚙まれた傷から伸びる呪詛の模様が未《いま》だ侵食《しんしょく》していない、手首と肘《ひじ》の中間あたりに突《つ》き立てた。そのまま針を抜《ぬ》くことなく動かし、エレインは自分の皮膚に呪術陣の傷を付けてゆく。

描き切ったところで痣が陣《じん》に到達《とうたつ》した。しかし、血を流す陣に阻《はば》まれて、呪詛はそれ以上進行出来ない。ひとまず昏倒《こんとう》することは免《まぬが》れた。エレインは咥えていたシグマ草を口から出して陣の上に被《かぶ》せ、鞄から出した包帯できつく巻いた。

深く息を吐《は》くと全身からどっと汗《あせ》が出る。興奮状態にあって感じなかった痛みが波のように襲《おそ》ってきた。傷のせいだけではない。呪詛が体を痛めているのだ。それを実感しながら、エレインはドレスの袖を元に戻して包帯を隠《かく》した。

ふらりと立ち上がり、中央殿へ向かって歩き出す。取り返しのつかないことをして

しまった。胸の痛みに気を取られて失態を演じた自分が恨《うら》めしい。

「私は……馬鹿《ばか》だ……」

振《しぼ》り絞るように呟いて、エレインは舞踏《ぶとう》会場へと足を運んだ。

舞踏会の招待客が帰り始めた大広間へ戻ると、広間の端《はし》に呪い師達が集《つど》っていた。

「エレイン、『忘却の蛇《ハリオン・スカル》』は見つけたか?」

ブルドゥハラがぎらついた目付きで聞いてくる。

「すみません、遭遇《そうぐう》しましたが……逃《のが》しました」

言いながらエレインは腕を押さえた。布地の下にある皮膚がズクンズクンと痛む。

「しょうがねえな……まあ、被害がなく無事に舞踏会が終わっただけよしとするか」

「よかったですね、ブルドゥハラ先輩《せんぱい》!」

「お前もよくやったよ、ユナ」

ブルドゥハラとユナが顔を見合わせて笑っている。

エレインはそこでふと視線に気付き、辺りを見た。ラキスヴァデリがじっとこちらを見ている。ぎくりとし、とっさに目を逸《そ》らした。腕を押さえる手に力を込める。

こんなこと——絶対に知られたくない——

第六章　たった一人の王子様

舞踏会翌日、エレインは日課の手紙を書くことが出来なかった。

この日は特別に休暇《きゅうか》をもらっている。昨夜緊急《きんきゅう》に警備を引き受けた報酬《ほうしゅう》なのだろう。

一睡《いっすい》も出来ずに夜を明かしたエレインは、自室の床に座りこんで恐《おそ》る恐《おそ》る包帯を解《ほど》いた。シグマ草をはがしてその下にあるものを目の当《ま》たりにし、ぞっとする。

呪詛《ヴィラド》は僅《わず》かに進行していた。呪《まじな》いで進行を遅らせることは出来ても、完全に止めることは出来ない。この呪詛を解くためには『忘却の蛇《ハリオン・スカル》』を解析《かいせき》し切って解呪《かいじゅ》の呪いを行わなければ……

このままだと自分はどうなるのだろう……昏倒し、呪詛の痣が開花し、大事な人の記憶を失う……？　しかし——エレインに大事な人というのはそれほど多くいない。

同僚《どうりょう》達は大切というほど多くの時間を過ごしていないし、家族もいない。何より、最愛の妹はすでに亡《な》くなっている。この呪詛で死者の記憶を失った者はいないのだ。

たとえ呪詛の痣が開花しても、エレインがミシェルの記憶を失うことはない。

そう思うと少しだけ気が楽になる。

その時、部屋の扉《とびら》がコンコンと叩《たた》かれた。その軽《かろ》やかな叩き方で、何となく相手が分かる。エレインは急いで包帯を巻き直し、私服の袖を下ろして腕を隠した。

扉を開けると友人のリディが立っていた。

「おはよー、エレイン。私も今日休みなの。一緒《いっしょ》に朝ご飯食べに行こ？」

にこっと笑いかけられて、エレインは青ざめた。

そうだ……きっと呪詛が開花したら、エレインはリディの記憶をなくしてしまう。

「どうしたの？」

「どうもしない」

エレインは内心の恐怖と動揺《どうよう》を押《お》し隠し、いつものようにきつめの返事をした。

「一緒に行くわ」

そう答えて部屋を出る。

食堂に着いても食欲など湧《わ》かなかった。全身を倦怠感《けんたいかん》が襲い、歩くことも億劫《おっくう》だ。

それでも弱っているところを僅かも見せることなく、いつも通りに食事をとる。

向かいで野菜たっぷりスープを口に運びながら、リディが話しかけてきた。

「舞踏会が無事に終わってよかったね。あとは、呪詛を解析して、解呪薬を作って、解呪の呪いをして、呪詛を解けば……解決？」

瞳《ひとみ》を瞬かせる彼女を見やり、エレインは零《こぼ》すように言った。

「リディ……もしも私が『忘却の蛇《ハリオン・スカル》』に噛まれてリディを忘れたらどうする？」

するとリディはぽっと頬《ほお》を染める。

「エレインが私を好きだってこと？　逆に嬉《うれ》しいかも……。もしそうなったら、訓練所で出会った時みたいにもう一度声をかけて、最初から友達になる……かな？」

それを聞いてエレインは目から鱗《うろこ》が落ちる気がした。

そうか……忘れたら……もう一度関係を築き直すという手段もあるのか……

「その代わり、私がエレインを忘れたら、ちゃんと私に声をかけないとダメなんだからね。約束よ？」

愛らしく笑いかけてくるリディを見つめ、エレインはほっと力を抜いた。

「分かったわ。それに、ラキスヴァデリ先輩のこともちゃんと教えるから」

「え？　何で」

リディは不思議そうに目を丸くした。

「だってリディは先輩が好きなんだから、先輩を忘れるでしょう？」

真面目《まじめ》な顔で言ったエレインに、リディはふふっと笑って言った。

「えー？　それはないよお……私、先輩のことは絶対忘れないんだから。だって私、別にラキスヴァデリ先輩のこと好きじゃないもん」

　思いもよらないことを言われてエレインは目を丸くした。

「……そうなの？　だって、リディは先輩にいつもにこにこ笑いかけてて……え？　先輩を好きなんじゃないの⁇」

「ぜーんぜん好きじゃない。私がどんな男にでも媚《こ》びる女だってこと、エレインはよく知ってるでしょー？」

　朗《ほが》らかに笑われてエレインは困惑《こんわく》する。

「あのねえ、それよりエレインは？　自分は呪詛を受けたらラキスヴァデリ先輩を忘れるかもしれないって思わないの？」

「……何で⁇」

　想像もしていなかったことを聞かれてきょとんとしてしまった。

「私、先輩のことは世界一嫌いなんだけど……」

「本当に？　本当に忘れないって思う？」

　リディの愛らしい苺色《いちごいろ》の瞳がエレインを射貫《いぬ》く。

「……忘れるわけないわよ」

「エレインがそう言うなら、そうなのかもね」

思わせぶりに言われ、エレインは黙《だま》りこんでしまった。そんなエレインを見て、リディは小首を傾《かし》げた。

「ねえ、エレイン……なんか今日変だよ?」

「何が?」

「何がって聞かれても困るんだけど……顔色が悪いみたい。何かあった?」

「別に何も」

エレインは普段通りきっぱりと答えた。呪詛を受けたなんて、リディに絶対知られたくないと思って——

それでもリディは納得《なっとく》していない様子で、じいいいいいっと大きな瞳を向けてくる。

それでも、エレインは最後までその瞳に耐《た》え切った。


その後、第三班の呪い師《フィリーウィード》は今までと同じく『忘却の蛇《ハリオン・スカル》』の呪詛を解くため奔走《ほんそう》した。

しかし、舞踏会の夜以降、呪詛を受けた被害者《ひがいしゃ》は一人も出ておらず、蛇《へび》の姿を見た者もいない。呪詛が解かれたのかと思われたが、被害者達の記憶は未《いま》だ戻《もど》っておらず、呪詛が顕在《けんざい》していることを表していた。

エレインの受けた呪詛は日に日に進行していた。しかしエレインはそれを隠《かく》し通し、今まで通り平然と振《ふ》る舞《ま》って業務をこなした。被害者の受けた呪詛の解析は未だ半分ほどしか進んでいない。エレインの体を蝕《むしば》む呪詛が開花する前に解析が終われば、誰にも知られることなく解呪出来る。そう思い、エレインは使用薬剤《やくざい》を突《つ》きとめることに努めた。

一番の懸念《けねん》材料はラキスヴァデリだった。彼の解析眼《メルタ・イーダ》はエレインが呪詛に冒《おか》されていることを見抜《みぬ》く可能性がある。しかし幸いなことに、彼は以前と同じに時計塔《とけいとう》の上で何かしらの呪いを続けている。

顔を合わせることはほとんどなく、エレインは誰にも失態を知られることはなかった。そうして五日が過ぎた。

「ラキスヴァデリせーんぱい」

時計塔の上で座りこんでいるラキスヴァデリに声をかける女性がいた。

今までであればそれはエレインの役割だったはずだが、この日彼に話しかけたのはリディだった。

リディは形の良い眉《まゆ》を怒《いか》りの形につり上げて、ラキスヴァデリの後ろ姿《すがた》を睨《にら》んだ。

「この数日、エレインの様子が変だってこと……先輩《せんぱい》は気付いてますよね？」

明らかに様子がおかしいエレインの顔を思い出し、リディは唇を嚙《か》みしめる。

絶対何かあったに決まってる。それなのに……エレインは何も自分に話してくれないのだ。そのことがどうしようもなく悔《くや》しかった。

「先輩になら、エレインは話すかもしれないって思うんですよね。話を聞いてあげてくれませんか？　あの子は一人で思い詰《つ》めるところがあるし……」

けれど、ラキスヴァデリは振り向きもしなかった。

「先輩？　返事してください。ね？」

いつもの癖《くせ》で媚びるような声が出た。すると彼はちらとこちらを振り返り、

「……リディはどう思ってるのか知らないけど、僕はそれほど……何と言えばいいのかな……優しい人ではないよ」

妙に冴《さ》え冴《ざ》えとした声を返され、リディは背筋がひやっとした。

「どういう意味です？」

別に優しい人だなんて最初から思ってない——と思いながら問い返す。

「僕は今怒《おこ》っているし、すごく機嫌が悪いという意味」

「え？　何……が？」

「僕は充分時間を与えた。それでも何も変わらないなら、これ以上待っても意味はないよ。ここまで無駄《むだ》に待たされて、話なんか誰が聞いてやると思う？」

ラキスヴァデリが何を言っているのか分からなかったが、エレインを切り捨てるような発言をしたことだけは理解出来た。

「先輩！　エレインが心配じゃないんですか!?」

リディは思わず大きな声を上げる。

「言ったろ？　怒ってるって」

酷薄《こくはく》な声音《こわね》と相まって、彼の無表情はまるで人形のように見えた。

リディの全身にぞわっと鳥肌《とりはだ》が立つ。

この人は……まともな人間の心なんて持っていないんじゃないのか——？

そう思わせるに十分な冷たさを、今のラキスヴァデリは纏《まと》っていた。

彼があの意味不明な呪詛を行った犯人だと言われても、何の不思議もないほどだ。

自分の理解を完全に超《こ》えている。こんな人をどうして……エレインは無条件に信じられるのだろう？

「邪魔《じゃま》だから行っていいよ」

下に向けた手をひらひら振って、彼はリディを追い払《はら》おうとする。

リディはそれに逆らえず足を後退させ、時計塔を降りた。


その日の業務をつつがなく終えて、エレインは自室へ戻ろうとする。

当たり前のように働き、当たり前のように食べ、当たり前のように歩き、誰にも何も気付かれることなく部屋へ入って扉を閉めた途端《とたん》、エレインは床に崩《くず》れ落ちた。

全身を包む倦怠感と激痛――それに耐えきり、今日も一日を乗り切った。

「まだ……寝《ね》ちゃ駄目……」

エレインは床を這《は》って薬箱に近付く。今日の処置をしなければ、呪詛が進行してしまう。エレインは白木で出来た薬箱の蓋《ふた》を開けて、呪詛を阻《はば》む効果が最も強いロジガネの樹液で作った薬液入りの瓶《びん》を取り出す。

服の袖《そで》をまくりあげ、包帯を解《ほど》く。己《おのれ》の腕を見下ろし、エレインは顔をしかめた。

呪詛の痣《あざ》はすでに肘《ひじ》を越えていた。エレインはハンカチを口に咥《くわ》えて息を止め、瓶を傾《かたむ》けると薬を腕に垂らした。ジュッと焼けるような音がして皮膚《ひふ》に刻んだ呪術陣《フィルディーン》から湯気が立ち上り、凄《すさ》まじい激痛が襲《おそ》いかかってきた。

「ぐっ……んん……っ」

ハンカチをきつく噛んで痛みを堪《こら》える。最初の激痛が去ると、波のように断続的な痛みが続いた。空になった薬瓶を手放し、エレインは力なく床に倒れる。咥えていたハンカチを放し、荒《あら》く息をついた。

腕を押《お》さえて横たわり、痛みに耐えていると、突然部屋の扉《とびら》がノックされた。

エレインはぎくりとして身を起こす。こんな姿を人に見られるわけにはいかない。いない振りをしようと息を詰めたところで、扉は許可なく開かれた。

真っ白になった頭の隅《すみ》で、鍵《かぎ》をかけるのを忘れていたと思い出す。

明かりをつけていない暗い部屋に姿を見せたのは、ラキスヴァデリだった。

エレインはざっと青ざめ、袖を下ろして腕を隠した。

この人には――この人にだけは――知られたくない。

「突然何の用ですか？　先輩」

エレインは一瞬で平静を装《よそお》ってみせた。

「……僕は五日待ったよ。ずっと我慢《がまん》してた。ここが限界」

「何の話です？」

本気で訝《いぶか》ったエレインを見下ろし、ラキスヴァデリは部屋に踏《ふ》み込んでくる。

「……来ないでください」

エレインは床に座り込んだまま後ずさった。しかし彼は無言で容赦《ようしゃ》なく距離を詰めてくる。エレインを壁際《かべぎわ》まで追い込むと、目の前にしゃがみ込んで呪詛に冒された腕をつかんだ。エレインは痛みに顔をしかめる。

「やめて……放して！　見ないでください！　お願いだから……っ」

エレインは懇願《こんがん》しながら腕を振り払おうとした。けれど、ラキスヴァデリは手を緩《ゆる》めることなくエレインの服の袖をまくろうとする。

「触《さわ》るなああ!!」

エレインは無我夢中で怒鳴《どな》り声をあげ、彼の頰《ほお》を殴《なぐ》っていた。

ラキスヴァデリは一瞬動きを止める。歯で切れたのか、唇の端《はし》に血が滲《にじ》んだ。

「……これで満足した？」

彼は自分の口元を指先でぬぐい、淡々《たんたん》と聞いてきた。

エレインが呆然《ぼうぜん》としていると、ラキスヴァデリは再びエレインの袖をまくろうとする。エレインは逃げるように身を捩《よじ》ったが、抵抗《ていこう》する力はすでになかった。

エレインの細い腕がラキスヴァデリの眼前に晒《さら》される。

使い続けた薬のせいで、呪詛を受けた右腕は赤く焼け爛《ただ》れていた。それでもこれ以上進行させるわけにはいかなかったのだ。ロジガネは下手《へた》に使うと寿命《じゅみょう》すら縮める劇薬だ。しかし、これを使い始めて呪詛の進行は確実に遅くなっている。痛みと引きかえに呪詛《しりぞ》を退けられるのならば、エレインにこの痛みを拒《こば》む理由はなかった。

ぼろぼろになった腕を見やり、ラキスヴァデリは明らかな嫌悪と怒りの表情を浮《う》かべた。彼のそんな表情を見たのは初めてで、エレインは身を震《ふる》わせる。

「エレインは馬鹿《ばか》だね。大馬鹿だ」

ラキスヴァデリは冷ややかに言った。

「……だから……見ないでって言ったのに……」

エレインはかすれた声で呟《つぶや》いた。

この人にだけは知られたくなかった。軽蔑《けいべつ》されたくなかった。どんな痛みに耐えてでも隠し通したかったのに――

青ざめて震えるエレインを見つめるラキスヴァデリの表情は、いつもと変わらぬ色のないものに戻っていた。

「自分から助けを求めてくるのを、僕は五日間待った。エレインが自分の行動に責任を持てる一人前の呪い師だと思ったから、ずっと我慢したよ。だけど、そうじゃなかった。エレインは僕の想像を超《こ》える馬鹿だった。だから――僕はもうエレインの話なんて聞いてやらない」

　彼は淡々とそう告げると、突然エレインを抱《だ》きかかえて立ち上がった。横抱きではなく、子供をだっこするような格好だ。突然高くなった視界に驚《おどろ》き、エレインはラキスヴァデリの肩につかまる。ラキスヴァデリはエレインを抱き上げたまま部屋を出てずかずかと廊下《ろうか》を歩いていった。

「先輩……先輩！　何を……どこへ行くんですか!?」

　最初の混乱が収まると、エレインは自分を運ぶラキスヴァデリに問いかけた。

　しかし彼は答えない。

「先輩！　放してください！」

「教えないし、放さないし、許してもやらない。僕が怒っていることを――エレインが僕を怒らせたんだということを――少しは理解してほしい」

　それを聞いてエレインは青ざめた。補佐役《ほさやく》であるエレインが呪詛を受けたということは、ラキスヴァデリの顔に泥《どろ》を塗《ぬ》ったということだ。だから彼は怒っているのだ。

　全身の血が冷えてゆくような気がして体が震えた。抵抗する力も気力もないまま、ラキスヴァデリの腕に抱《かか》えられて運ばれてゆく。

「……急におとなしくなったね」

彼がちらとこちらを見ながら言った。

「………ごめんなさい」

今のエレインにそれ以外の何が言えただろう。

その言葉が弾《はず》みになったように、エレインの瞳《ひとみ》からぼろぼろと涙がこぼれてきた。

それは止めようがなく、ひっくひっくとしゃくりあげながらエレインは泣き出した。

ラキスヴァデリは一瞬足を止めた。そして今までよりも早足で歩き出す。

「本当に……今まで生きてきた中でこんなに腹が立ったことはないな」

そう言って、彼は泣きべそをかくエレインを運んでいった。


エレインを抱えたまま、ラキスヴァデリは外へ出て馬車へ乗り込んだ。

彼は馬車に乗っている間もエレインを膝《ひざ》の上にのせて、腕を解こうとしない。その間、エレインはずっとべそべそ泣き続けていた。

まるで五歳児みたいに泣き続けるエレインの背中を、ラキスヴァデリが時々撫《な》でた。

エレインは泣きながら、ずっと昔……父さんと母さんが生きていた時は、泣けばこうしてだっこしてもらえたのだということを思い出していた。

三十分も走った頃、馬車は目的地にたどり着いた。

ラキスヴァデリはエレインをだっこしたまま馬車から下ろす。

そこは高級住宅街にある一軒《いっけん》の広い屋敷《やしき》だった。

使用人らしき人々に迎《むか》えられてラキスヴァデリが玄関をくぐると、廊下の向こうから駆《か》けてくる足音が聞こえた。

「ラキス！　どうしたんだい？」

そう聞いてきたのは彼の父親であるダグラスミードだった。

彼は息子《むすこ》とその腕に抱えられたエレインを交互《こうご》に見やる。

「ただいま、ダグラス。大馬鹿で痛い目に遭《あ》った女の子を連れてきただけだよ」

ラキスヴァデリは軽く答え、煌々《こうこう》と明かりの灯《とも》る屋敷の中をエレインを抱えたまま歩く。

階段を上がり、大きな扉を開けて部屋の中へ入る。その部屋は薬草の匂《にお》いに満ちていて、呪い師の研究室を思い出させた。ラキスヴァデリはどうあってもエレインを放すつもりはないらしく、抱きかかえたまま壁際にずらりと並んだ薬棚《くすりだな》を探《さぐ》る。

「先輩《せんぱい》……ここはどこですか……？」

エレインは溶《と》けた頭でぽつりと聞いた。

「ダグラスの家で僕の部屋」

簡単かつ明確な答えが返ってきた。エレインはストングレー伯爵《はくしゃく》家の屋敷へ連れてこられたのだ。ストングレー家の呪い師は『呪い師の館《ステルスワーカー》』で生活していない。

「何をしてるんですか？　先輩……」

「ロジガネの樹液は呪詛の進行を食い止めるのによく効く。けど、直接人体に使うのは無茶が過ぎるな。心臓にも悪いという論文があるのを知らないのか？　ロジガネは葉と樹液を発酵《はっこう》させれば副作用がなくなる。作るのに時間がかかるけどね」

「……それは……私が聞きたい答えとは違《ちが》います」

エレインが聞きたいのは――

「ああ……エレインが聞きたいのはそういうことじゃなくて、僕がエレインをどうしようとしているかということ？　僕はね、エレインを助けようとしている。それはエレインの望むことじゃないかもしれないけど、僕はもうエレインの意志を聞くつもりはない。全然ない。怒《おこ》ってるって言ったろ？」

「怒ってるのに……どうして助けてくれるんですか？」

泣きはらした目で間近にあるラキスヴァデリの顔を見つめると、彼は真《ま》っ直《す》ぐこちらを見つめ返してきた。

「好きな子を助けたいと思うのはそんなにおかしなこと？」

エレインはその答えに一瞬目を見開き、ゆるりと力を抜《ぬ》いた。

「……先輩が私を好きなことは知ってます」

「だろうね、伝わってないと思う方がどうかしてる」

彼は軽く言った。

ラキスヴァデリはエレインが好き——そんなことは当たり前に知っている。

彼は自分が嫌いだから嫌なことを言うのだ——なんて思い込もうとしていたけれど、そうじゃないことなんて本当は分かっていた。

ラキスヴァデリは……世界を愛する能力に長《た》けたこの人は……誰のことだって同じように大好きなのだ。

「……先輩は……家族とか同僚《どうりょう》とか友達とか、通りすがりの人のことだってみんな好きで……それと同じように私のことも好きなんだってちゃんと知ってます」

自分が彼から嫌われていないことはきちんと分かっている。

しかしエレインの言葉を聞いた途端《とたん》、ラキスヴァデリは何やら驚きを示すかのように、しぱぱぱぱ！　と高速でまばたきした。

「……エレイン……ちょっと待って、何か今すごく衝撃的《しょうげきてき》なことを言われた気がしたよ……あれ？　もしかして……何も伝わってなかったりする？」

「？　だから……ちゃんと分かってるって言ってるじゃないですか」

「………なるほど、分かった。よく分かった。エレインが何も分かってないんだということがよく分かった」

ラキスヴァデリは空いた手でがりがりと頭をかき、再び薬棚を探る。

「私が何を分かってないんですか？」

「この話はあとでしよう」

彼は切り捨てるように言うと、机に薬瓶をいくつも並べてその前にある椅子《いす》にエレインを座らせた。離れた体温にエレインは心許《こころもと》なさを感じる。

ラキスヴァデリはエレインの座る椅子の前にしゃがみ込んだ。そうしてエレインの袖《そで》をまくり、呪詛を受けた腕をあらわにする。エレインは無抵抗《むていこう》でなされるままになっていた。

「酷《ひど》いね。皮膚《ひふ》を傷付けて陣《じん》を描《えが》いたの？　下手な呪術陣だ」

「……とっさのことで……仕事が粗《あら》くなりました」

いつもなら悔《くや》しいと思う言葉にも反発心が起きないほど、エレインの精神は弱り切っている。

「ロジガネを落とすよ」

ラキスヴァデリは机の上の薬瓶に手を伸ばし、蓋《ふた》を開けてその中身をエレインの腕に垂らした。まるで氷水みたいな冷たさを感じるものの、痛みはない。ラキスヴァデリはタオルでその薬液を拭《ぬぐ》い取った。今までのヒリヒリじくじくとした痛みが和《やわ》らぐ。ロジガネの樹液で作った薬を中和させて落としたのだと分かった。

彼は違う薬瓶から赤い液体を小皿に注ぎ、それを床に置いた。その液体に小指を浸《ひた》し、赤く染まった指先をエレインの爛《ただ》れた腕に這《は》わせる。その感触《かんしょく》にエレインは一瞬身を強張《こわば》らせた。繊細《せんさい》に小指を動かし、ラキスヴァデリはエレインの肌に赤い呪術陣を描いてゆく。彼の指が伝う度《たび》、陣は赤い粒子《りゅうし》を放《はな》って輝いた。

エレインは自分の身に起こった事態を一瞬忘れ、その呪術陣に見入った。それはエレインが今までに見たどの呪術陣より美しく、花を思わせる形をしていた。

描き終わると、ラキスヴァデリは立ち上がって机に向き直り、別の作業にとりかかった。薬草と薬液と鉱物を鉢《はち》に入れ、ゴリゴリとすりつぶす。時々指先を宙で動かし、呪術陣を描きながら作業を続け、どろりとした気味の悪い青紫の液体を完成させる。

ラキスヴァデリは金属のカップに注いだそれをエレインの目の前に差し出した。

「飲んで。一息で全部だ」

エレインは大人しくその言葉に従い、カップを受け取って口をつけた。冷たい金属が唇《ひる》に触《ふ》れ、異様な匂いのする液体がどろりと口内に流れ込む。あまりの苦さに舌が怯んだ。喉《のど》が締《し》まり、何度もむせながらエレインはその液体を必死で飲み下す。

涙目になりながらカップを空にすると、ラキスヴァデリがそれを受け取った。

「えらいえらい。よく頑張《がんば》った。いい子だ」

そう言うと、青紫に濡《ぬ》れたエレインの唇を布巾《ふきん》でぬぐう。無表情と言葉が噛《か》み合っていなくて変な感じがした。

「とりあえずこれで大丈夫だ。これは素人《しろうと》相手だと使えないけど、呪《まじな》いに耐性《たいせい》のある呪い師なら効果を発揮するから」

彼がそう言った途端、胃の中がじわりと熱くなってきた。温かいスープを飲んだ時みたいな熱が湧《わ》いてきて、頭の中がぼーっとする。たちまちまぶたが重くなった。ぐらぐらと頭を傾《かし》がせるエレインを、ラキスヴァデリの腕が再び抱《かか》え上げる。

「導眠剤と同じ効果があるから、しばらく寝《ね》てたらいい」

その言葉に答える前に意識が遠退《とおの》き、エレインはラキスヴァデリの腕の中で意識を失った。

ラキスヴァデリは眠ってしまったエレインを二階の南にある客間へ運んで、ベッドに横たえた。ベッドの横にある椅子に背もたれを前にして跨《また》がり、ランプの薄《うす》い明かりに映し出されるエレインの寝顔を眺《なが》める。

ラキスヴァデリはこの子が好きだ。

好きで好きで仕方がない。

好きだと自覚した瞬間のことは今でもはっきり覚えている。

ラキスヴァデリの目に、生まれた時から世界は輝いて見えていた。

どんなものでも解析《かいせき》出来るこの目にとって、世界の全ては等しく美しい図形だ。

自分の目が人と違うことはずいぶん幼い頃から知っている。

当たり前のように話した言葉が人に理解されないことは多かった。自分にとって当たり前に見えているものを言葉で説明するのはしんどくて、何度も繰《く》り返していると頭の中がじりじりした。

だから八歳を超えた頃《こ》、ラキスヴァデリは人に理解されることを諦《あきら》めた。

自分が見ている景色を人と分かち合えないことを時々悲しいと感じたけれど……時に距離を置かれることを淋《さび》しいとも感じたけれど……それでも構わないと思ったのだ。

たとえ分かり合えなくても——ラキスヴァデリはこの世界が好きだった。

人が、空が、山が、鳥が——この世を構成する全てが美しく愛おしいと感じていた。

そんな平穏《へいおん》なラキスヴァデリの人生に、エレインは突然現れたのだ。

訓練所で初めて会った時、彼女はラキスヴァデリのようになりたいと言った。なれるわけがないと思った。そもそも性別が違うじゃないか。この子は少し抜けているのかなと思った。

男と女では呪いの発動の仕方が全く違う。もっとも、それは人の体の中まで全部見通せる自分だから分かることであって、そうではないエレインには分からないことなのかもしれない。だからラキスヴァデリはちょっとした先輩《せんぱい》気分も手伝って、親切心からそれが無理であることを教えてあげた。後輩の面倒を見てあげる先輩の自分ってちょっといいじゃないか……なんて思いながら。

それなのに……それを教えてあげた途端、庭の芝生《しばふ》に座っていたラキスヴァデリはエレインに蹴飛《けと》ばされた。

その上、今まで聞いたこともないような罵声《ばせい》を浴びせられたのだ。

何だこの子は？　ラキスヴァデリは呆気《あっけ》にとられた。

ラキスヴァデリは人から避《さ》けられることはあっても、怒られることはほとんどない。

家族には可愛《かわい》がられていたし、訓練所の人達には敬意を払《はら》われていた。だから、そんな風に悪《あ》しざまに言われたことは一度もなかった。

びっくりすると同時に、思わず見惚《みと》れた。

目を凝《こ》らしてみれば、エレインの体を構成する『呪《フィー》』がキラキラと輝いて活発に活動しているのが見て取れた。それらは感情によってさまざまに形や色彩《しきさい》を変える。ここまで強い感情を人から向けられたのは生まれて初めてだった。

次の日、エレインは先輩を口汚く罵《ののし》ったことを謝罪しに来た。きちんと丁寧《ていねい》な言葉を使い、礼儀《れいぎ》正しくしていたけれど、未《いま》だに怒っているのが分かった。

「先輩を追い抜いてみせます」

最後に彼女はそう宣言した。そんな風に言われたのも初めてだった。訓練所にはラキスヴァデリを追い抜こうなんて考える訓練生は一人もいない。教官達ですら、ラキスヴァデリには一歩引いているようなところがあった。なのにこの新入生は、真っ向からラキスヴァデリにぶつかってきたのだ。

「無理だよ」

ラキスヴァデリはそう断言し――そんな自分に驚《おどろ》いた。抜かれないだろう――と思ったわけじゃない。抜かせたくない――と思ったのだ。

そしてその日から、エレインは何故《なぜ》かラキスヴァデリにつきまとうようになった。何だか用もないのに会いにくる。まあ、ラキスヴァデリの方から会いに行ったことだってあったけれど、エレインが会いにくる方が多かったように思う。

顔を合わせる度エレインは怒《おこ》っていた。嫌な顔をした。強烈《きょうれつ》な対抗心《たいこうしん》を燃やして刃向《はむ》かってきた。なのに何故だろう？　それが嫌じゃなかった。そんなエレインの存在がラキスヴァデリの目にはこの世の何より美しく見えた。

こんなに綺麗《きれい》な生き物は他にいない。

この女の子をいつまでも見つめていたいなと思い……それが世に言う恋なのだと気付いたのは、出会って半年後の事だった。

その日ラキスヴァデリは、訓練所の窓からうっかりポルッピンのぬいぐるみを落としたのだ。そこは三階で、落ちたポルッピンは木に引っ掛《か》かった。

棒で落とそうと考え箒《ほうき》を探して舞《ま》い戻《もど》り、ラキスヴァデリは驚いた。エレインが木をよじ登っていた。たまたま下からポルッピンが見えたのだろう。すり傷だらけになって木を登り、エレインは必死に手を伸ばしてポルッピンを救出した。

ラキスヴァデリが窓から見ていることに気付いていないエレインは、ポルッピンを手にして満足そうににんまりと笑った。

何ておかしな子だろう――

毎日のようにラキスヴァデリが悪戯心《いたずらごころ》で置き去りにするポルッピンを拾い、その度かんかんに怒っているくせに――

その傷だらけの笑顔を見た瞬間、ラキスヴァデリは自分がもうずっと前からこの女の子を好きなのだと気がついた。

がつがつしているところも、攻撃的なところも、妹想《おも》いなところも、時々抜《ぬ》けているところも、妙に潔癖《けっぺき》なところも――或《ある》いは肉や骨や血の一滴《いってき》まで――彼女を彼女として構成するあらゆる要素を、ラキスヴァデリは愛《いと》おしく思った。

こんなに可愛らしい生き物は他にいない。

だからラキスヴァデリは、彼女にだけは決して追い抜かれまいと改めて決意した。

自分が上にいる限り彼女は自分を追ってくるだろう。ならば生涯《しょうがい》抜かせるものかと心に決めた。

こんな感情は彼女と出会う前には知らず、今までの自分の感情がどれだけ淡泊《たんぱく》だったか思い知った。世界の全てが愛おしいと思っていたけれど……ラキスヴァデリは他と比べ物にならないくらい特別な大事を見つけて、様々な感情を味わって――そうして世界をもっともっと好きになった。

ラキスヴァデリはこの子が好きだ。

たぶん死ぬまで好きだろう。


水の底から浮《う》かび上がってくるように、エレインはぽっかりと目を開けた。

見知らぬ天井《てんじょう》が眼前に広がっている。ゆっくり体を起こすと、全身に倦怠感《けんたいかん》はあったが苦痛はほとんど感じなかった。霞《かすみ》のかかった頭を巡《めぐ》らせて部屋の中を見る。

夜が明けていて、窓から差し込む朝日が室内を照らし出していた。綺麗に設《しつら》えられた客間と思《おぼ》しき部屋で、エレインは寝かされていたらしい。

意識を失う寸前のことを思い出して、エレインはラキスヴァデリの姿を探した。それはまるで、迷子《まいご》になった子供が頼《たよ》りなげに親を探すような仕草だった。

その時、部屋の扉《とびら》が静かに開いた。エレインははっとそちらを向く。けれど、そこから入ってきたのはラキスヴァデリではなかった。彼の父親にしてエレインの一番上の上司、ダグラスミード・ストングレーだった。ダグラスミードはゆったりとした足取りで歩いてくると、ベッドの側《そば》に置いてあった椅子《いす》に腰かけた。

「おはよう、エレイン君」

「……おはようございます」

「ラキスから聞いたよ。きみはずいぶん……迂闊《うかつ》な呪い師だったね」

口元に笑みを刻んで彼は言った。エレインは胃の奥が重たくなるような感覚を覚えて顔をしかめ、視線を伏《ふ》せた。

「……申し訳ありません。失態を演じました」

「うん……言っておくけれど、きみの失態は呪詛を受けてしまったことではないんだよ。それを分かっている？　どんな呪い師だって力及《およ》ばず呪詛を受けることはある。それは必ずしも呪い師としての評価を下げるものではない。けれどね、その事実を隠《かく》そうとしたことは、きみの評価を著《いちじる》しく下げるだろう」

「……はい。分かっています。……先輩にも怒られました」

うなだれてそう答えたエレインを見て、ダグラスミードは可笑《おか》しそうに目を細めた。

「ラキスはとても心配していたんだよ。あの子はねえ、ああ見えて存外単純で分かりやすい子だからねえ」

エレインは視線を上げて、ダグラスミードの柔らかく緩《ゆる》んだ表情を見つめた。

「……先輩は？」

エレインは躊躇《ためら》いがちに聞いた。自分の愚《おろ》かしさに呆《あき》れてどこかへ行ってしまったのではないかと不安が胸をよぎる。

ダグラスミードは笑みのまま、人差し指をくっくっと曲げて床を指した。エレインは身を乗り出してベッドの下を見る。そこにラキスヴァデリがいた。彼は絨毯《じゅうたん》に座ってベッドに背を預け、くうくうと寝息《ねいき》を立てていた。ベッドの端《はし》から見え隠れする淡い色の髪を認め、エレインの全身から力が抜けた。

「後のことはこの子に任せて、きみはゆっくり体を治しなさい」

ダグラスミードはそう言うと、椅子から立ち上がって身を屈《かが》めた。座って寝ている息子《むすこ》の頬《ほお》をぺちぺちと叩《たた》く。

「ラキス、お前の大事な子が目を覚ましたよ。起きなさい」

ダグラスミードは言いながら、息子の手を引っぱった。ラキスヴァデリはあくびをしながら立ち上がり、寝ぼけ眼《まなこ》をこすりながらさっきまで父の座っていた椅子に腰を下ろした。

「ちゃんと話をするんだよ？」

「んー……」

父の忠告を聞いているのかいないのか……ラキスヴァデリは眠そうな目をして頭を揺《ゆ》らしている。

ダグラスミードはため息をつき、息子の背中をバシバシと叩いて部屋を出ていった。たちまち室内は沈黙《ちんもく》に襲《おそ》われた。エレインはラキスヴァデリを見つけた瞬間の安堵《あんど》を忘れ、全身を硬くしてじっと彼を見つめた。何か言葉を発しなくてはと思うのに、頭がきちんと働いていない。

――何か言わなくちゃ……何か……何か――

「先輩……ごめんなさい」

閉まりきった喉《のど》をこじ開けて出てきた最初の言葉はそれだった。するとラキスヴァデリの揺れていた頭がぴたりと止まり、彼はパチッと目を開けた。その無機質な瞳《ひとみ》にじっと捕《とら》えられ、エレインは慄《おのの》いた。

「……そういうの似合わないね」

ラキスヴァデリはぽつりと落とすように呟《つぶや》く。

「エレインは確かに、弱くて脆《もろ》くて駄目《だめ》な呪い師だけど――そんな自分に意地で抗《あらが》うのがエレインだろう？」

淡々《たんたん》と辛辣《しんらつ》な言葉を浴びせられても、言い返すことは出来なかった。ただ黙《だま》って受け入れるしかない。そんなエレインを見つめ、ラキスヴァデリは困ったように眉《まゆ》をひそめた。そんな風にはっきりと表情を作るのは珍《めずら》しい。

「エレイン、とにかく、食べて、眠って、体力を回復させよう。体が弱れば心が弱る。今のエレインには何も出来ない」

「……はい」

むーっと眉をひそめたまま、ラキスヴァデリは椅子を引きずってベッドに近付いてきた。

「困ったときは、ちゃんと先輩に頼りなさい」

「……だけど先輩だって……全部自分でやろうとして……私を邪魔《じゃま》扱《あつか》いしたじゃないですか……」

「してないよ、そんなこと」

「うそ、私のこと邪魔だって言いました」

「言ってないよ、そんなこと。エレインの仕事の邪魔になるから――と言った覚えならあるけど」

――ん？　邪魔ってそっちの意味――？

エレインは怪訝《けげん》な顔になった。

「説明しなかったのは、これが僕の問題でうちの問題だからだ」

ラキスヴァデリはそう言って、腰に装着した革鞄《かわかばん》から小瓶《こびん》を取り出した。

小瓶の中には緑色に光る硬貨《こうか》大の鱗《うろこ》のようなものが入っている。

「これがエレインの傷の中から見つかった」

「……何ですか？　それ」

「『忘却の蛇《ハリオン・スカル》』の一部。エレインはあれに何か攻撃を加えた？」

問われて記憶を掘《ほ》り起こす。

「……襲われた時、両断しました」

「その時に鱗が散ったんだろう。トニーの体に残ってた牙《きば》と合わせて解析《かいせき》したら、これが極めて私的な問題だということが分かった」

トニー？　その名前を頭の中で繰《く》り返し、それがコッセロ卿《きょう》の名前だと思い出した。

「最初の被害者《ひがいしゃ》だったコッセロ卿の……」

「違《ちが》うよ」

「え？」

「トニーは最初の被害者じゃない」

どういうことだ？　エレインは眉をひそめた。この呪詛事件の最初の被害者は、外務大臣のトニー・コッセロだ。そのことは全ての呪い師が認識している。

「最初の被害者はトニーじゃない。トニーの前にも『忘却の蛇《ハリオン・スカル》』に嚙《か》まれた人間がいる。トニーの傷口から見つかった蛇《へび》の牙からは、複数の人間の血が検出された」

「でも……コッセロ卿以前に記憶を失った人の話なんて……」

「そうだね、最初の被害者には大事な人がいなかったのかもしれない。この呪詛は、大事な人がいればいるほど被害が大きくなる呪詛だから」

「被害者は知らない内に被害に遭《あ》った……?」

エレインは口元を押《お》さえて考え込んだ。けれど、

「この話は終わりだ」

突然手首を引っ張られ、エレインは思考を中断させられた。

「体の弱っているエレインには、これ以上この件に首を突《つ》っ込む資格はないな。ダメな呪い師だと自覚しているなら、大人しくしているといい」

一瞬言い返したいと思ったけれど、言い返す言葉など見つかるはずもなく、エレインは口を閉ざす他なかった。

黙り込んだエレインを見つめ、ラキスヴァデリは手首を握《にぎ》る手に力を込めた。

「心配しないで大丈夫だ。一人で頑張《がんば》らなくても大丈夫だ。僕が守ってあげるよ。どんなものからだって守ってあげる」

真っすぐ見つめられてエレインはたじろいだ。そんな言葉は今までの人生で言われ

たことがない。

「……何で……？」

「何でって……」

ラキスヴァデリは視線を僅《わず》かに泳がせて考える素振《そぶ》りを見せた。

「そうだ……これを最初に言おうと思ってたんだ」

そう呟き、手首を握る手を少しずらして手を握ってきた。

彼はエレインの目を見つめ、はっきりと言った。

「エレインが好きだから——だ」

真摯《しんし》に言われてエレインは正直に答えた。

「だから、それは知ってます」

「うん、伝わってないな」

ラキスヴァデリは納得《なっとく》するように言って首をかしげた。

「……つまり、僕はポルッピンがニャンニャン姫を想《おも》うのと同じようにエレインが好きで、だから助けたいんだ」

絵本を引き合いに出され、エレインは物語を思い出した。

「つまり、困ってる人を見捨てられないということですよね？」

「うん、伝わってないな」

ラキスヴァデリは肩を落として考えこんだ。

「つまり僕は、チョリンケがパティーを好きなのと同じように、エレインが好きだ！」

やや声を大きくして言われ、エレインは呆れた。

「先輩《せんぱい》、何を勘違《かんちが》いしてるんですか。チョリンケとパティーは恋人同士ですよ？　物語の内容をきちんと把握《はあく》していないんですか？」

この人は自分が何を言っているのか分かっていないらしい。

「……これでも伝わらないのか……手ごわいな、エレイン……」

ラキスヴァデリはとうとうエレインの手を放し、ベッドに両手をついてうなだれた。

「ちゃんと分かってます、先輩が私のことも大事にしてくれてるって……」

その言葉を最後まで言い切ることは出来なかった。突然立ち上がったラキスヴァデリがベッドに片膝《かたひざ》をのせて身を寄せると、エレインの唇に自分の唇を重ねて口を塞《ふさ》いでいた。だから——それ以上言うことは出来なかった。

ゆっくりと離れた唇で彼は言葉を紡《つむ》いだ。

「エレインのことが好きだって、僕は言ってるんだよ。何度も言った。ずっと言い続けてきた。何で伝わらないのか分からない」

間近にあるラキスヴァデリの顔を、エレインは大きく見開いた目で見つめ返した。

自分は今、何をされたのだろう――？

この人は今、何を言ったのだろう――？

その二つがぐるぐると頭を巡《めぐ》る。

「エレインが好きだ。千回言えば伝わるっていうなら、千回だって言うよ？　エレインが好きだ。世界一可愛《かわい》い。怒《おこ》ってる顔も笑ってる顔も人を見下すような目も全部可愛い。一緒《いっしょ》にいるとぎゅってしたくなる。毎日頭を撫《な》でてあげたいって思う。泣いてたらいつでもだっこしてあげるよ。助けてってひとこと言ってくれたら、世界の反対側にだって飛んで行く。僕はエレイン・ハートネットが、世界で一番大好きだ」

「ちょっと待って！」

エレインは聞いていられず、ラキスヴァデリの口を両手で塞いでいた。

真《ま》っ赤《か》になったエレインの顔を見て、ラキスヴァデリがにこっと笑った。

「あ……やっと伝わった」

嬉《うれ》しそうな笑顔で言う。その顔をしばらく見つめ、エレインは胸を押さえた。

「……先輩」

「何？」

「なんだか……心臓が変なんですけど」

胸が痛い。でも、この前とは何だか違う。異常に速く鼓動《こどう》する心臓に合わせて、頬《ほお》に熱が上った。

「そう……たぶん大丈夫だと思うよ」

ラキスヴァデリは平然と言った。

「僕も同じだから」

ほら――と、ラキスヴァデリはエレインの手を取って自分の胸に当てさせる。

びっくりするくらい速い鼓動が伝わって、エレインの鼓動は益々《ますます》速まった。

それはつまり――どういう意味――？

「話はこれで全部だ。エレインはよく寝て体を休めてたらいい。後は全部、僕がやっておくから」

ラキスヴァデリはそう言うと、エレインの頭をよしよしと撫でた。

「ちゃんといい子にして元気になったら、ご褒美《ほうび》をあげよう。だけど……勝手に無理して体調を悪化させたりしたら……今よりもっと怒るからね？」

そう言う彼の顔は珍しく笑顔のままだ。笑顔のはずなのに……無表情よりずっと威《い》圧的《あってき》なのはどういうことだろう？　エレインは何も言えずに小さく頷《うなず》いた。

「よく出来ました」

ラキスヴァデリはそう言うと、エレインから手を離して部屋を出ていった。

エレインはただただじっとその姿を見送るしか出来なかった。


それから数日間、エレインはストングレー伯爵《はくしゃく》家の屋敷《やしき》で過ごした。

朝起きれば弱った体にも優しい滋養《じよう》のある温かな食事が用意されていて、柔らかく肌触《はだざわ》りのいい部屋着に着替えさせてもらえた。何人もの使用人が傅《かしず》いてくれて、着替えも食事も部屋を移動することさえも手伝ってくれる。

ラキスヴァデリが毎日包帯を替えて、呪詛を抑える呪《まじな》いを上書きしてくれた。

初めは一日のほとんどを眠って過ごしたエレインだったが、三日も経《た》つとかなり体力が回復して動けるようになっていた。

けれどエレインにとって、まるでお姫様のように大事にされるそんな暮らしは生まれて初めてのことで、どう過ごしたらいいのか分からない。結局、ただ客間でじっとしているばかりだった。

そうして五日が経った夜、屋敷の主《あるじ》であるダグラスミードが様子を見に来た。

「エレイン君、体調はどう？」

「……ずいぶんいいです。皆さんにお世話になっているおかげです」

ベッドに身を起こしてエレインは答えた。

「そうか、それはよかった。困ったことがあったら何でも言いなさいね」

ダグラスミードはにこっと笑って言った。

「ラキスは今夜帰れないようだよ。今日の手当ては私がしよう」

そう言うと、彼はベッドの横にある椅子《いす》に腰かけ、エレインの腕を取って包帯を解《ほど》いた。

「……すみません。気にすることはないさ」

「いいとも。気にすることはないさ」

彼は描《えが》かれた呪術陣を一旦《いったん》落として新しく陣《じん》を描く。その手際《てぎわ》はラキスヴァデリより遥《はる》かに洗練された手慣れたものだった。彼は呪い師を束ねる長であり、何十年とこの仕事に従事してきた呪い師なのだから、それは当たり前のことだ。この手は何百何千という数えきれない人を救ってきた手だ。それなのに、どうしてだかエレインはラキスヴァデリに呪いを施《ほどこ》された時ほどの安心感を得ることが出来なかった。ラキスヴァデリの呪術陣が消されたことで少し不安な気持ちになる。

「さあ、これでいいだろう」

手当てが終わるとダグラスミードは満足げに笑った。

「じゃあお大事に」

そう言って退室しようとする。

「あの、先輩は……明日は帰るって……言ってましたか？」

エレインは思わずそう尋《たず》ねていた。ダグラスミードは一瞬驚《おどろ》いた顔をして、すぐに嬉しそうな笑みを浮《う》かべた。

「明日は帰ると言ってたよ」

その答えを聞いて、エレインはほっとし、体が芯《しん》からぽかぽかと温かくなった。

何だろうこれ……自分が自分じゃないみたいだ……

わけの分からない気持ちを抱《かか》え、エレインはその夜を過ごした。


けれど、翌日の夜になってもラキスヴァデリは戻《もど》ってこなかった。

「今日は帰ってくるはずだけどね」

ダグラスミードは言った。

帰ってくるのかもしれないと思うとエレインは眠れず、部屋の灯《あか》りを消した後も窓際で庭をじっと見つめていた。彼がこの庭を通って帰ってくるかもしれないと思いながら——

日付が変わってもラキスヴァデリは帰らない。エレインは窓際に椅子を置いてずっと待っていた。そうして何時間も経った頃、庭園にランタンを吊《つ》った馬車が入ってくるのが見えた。途中で止まった馬車から人影《ひとかげ》が下りてくる。

エレインは考えもせずに部屋から出ていた。

絨毯《じゅうたん》の敷かれた廊下《ろうか》を静かに駆《か》け抜《ぬ》け、屋敷の扉《とびら》を押《お》し開けると、丁度そこにラキスヴァデリが立っていた。彼はぱちくりとまばたきして、

「ただいま？」

と言った。

「……お帰りなさい」

それが相応《ふさわ》しい挨拶《あいさつ》なのかどうか判断が付かないながらも、エレインは応《こた》える。

「何で起きてるの？」

「……眠れなかったんです」

言いながら何となく視線が下を向いた。その瞬間、急な景色の変化についてこられ

なかったのかくらりと眩暈《めまい》がした。足をふらつかせたエレインを、ラキスヴァデリがとっさに支える。

「大丈夫？」

「……走ってきたから……」

たぶんそのせいだと告げると、彼は首をかしげた。

「何やってるんだ。エレインは色々抜けてるな」

彼は呆《あき》れたように言って、エレインの体を抱き上げた。子供みたいに抱えられ、エレインは大人しく身を預ける。数日前、ラキスヴァデリにここへ連れてこられた時のことを思い出した。あの時も、彼はこうやってエレインをだっこし続けていた。

段々と体温が伝わって、温かいなと思った。なんだか安心する……

頭の中が緩《ゆる》み、エレインは気付くとラキスヴァデリの首に腕を回していた。

最後に人の体に触ったのっていつだっただろう？

子供の頃の自分を思い返すと、かなりの甘えっこだった気がする。父さんと母さんが生きていた時は、いつでもだっこしてもらえた。

ミシェルと二人になってからは、ひたすら泣くまいと思って生きてきた。そして今度はエレインがミシェルをだっこしてあげる役割になった。毎日寄り添って眠り、その体温をずっと感じてきた。

ミシェルが死んでからだ……それ以来、人の体に触《ふ》れることがほとんどなくなった。時々ラキスヴァデリに撫でられたり、リディに抱きつかれたりするくらい？

人の体温がこんなにも安心するものだということを……誰かと温かさを分け合うことがこんなにも心地《ここち》いいものだということを……それを思い出し、自分がどれだけこの温度に飢《う》えていたのかを思い知る。

深く息を吐《は》いて全身を弛緩《しかん》させながら、ラキスヴァデリの体にぴたりとくっついた。

「……エレイン、急にそういうことされたらびっくりして落としてしまうよ」

彼はやや困ったように言った。

「……くっついたらダメですか？　触るの気持ちいいんです」

エレインがうわごとのように呟《つぶや》いた途端《とたん》、彼はガクッと足をよろめかせる。

「……これは何かの罠《わな》？」

「すみません……たぶん相手は誰でもいいんだと思いますけど……」

「…………エレインは……僕をどうしたいんだ？」

何だか妙に恨《うら》みがましい声を発しながらも、ラキスヴァデリはエレインを放すことはしなかった。エレインが寝泊《ねと》まりしている客間へ着くと、彼はそこでようやくベッドにエレインを下ろそうとした。しかしエレインはその体温が離れることに不安がよぎり、ラキスヴァデリにしがみついたまま首を振《ふ》る。ラキスヴァデリはエレインを抱えたままベッドに座った。

「エレインは五歳の女の子だったっけ？」

「……五歳児でいいです」

「エレインは意外と甘えっ子だったんだな……」

「だって……先輩《せんぱい》が帰ってこないから……」

仕事から帰ってこない父親を待っていた時の気持ちが蘇《よみがえ》り、鼻の奥がつんとする。

「そうか……だけどもう夜遅いから、ちゃんと一人で寝ないといけないよ」

「……何でですか？」

エレインは非難を込めてラキスヴァデリにしがみつく腕に力を込めた。

「何でって……それはね、いつまでもこんなことしてたら僕がやらしー気持ちになってしまうからだよ」

「……別に……やらしくなってもいいですけど……」

「……エレイン……今、何も考えないでしゃべってるだろ？　この前みたいに無理矢理唇を奪《うば》われてもいいの？」

「……いいですよ」

この温かさを分けてもらえるなら何だって構わない……そう思いながら答える。

ぴったり体をくっつけていると、不意に服が邪魔《じゃま》だなと思った。服越《ご》しじゃなかったら……肌が触れ合っていたら……もっと温かくなる気がするのに……

「エレインは……いけない子だな……」

そう言いながら、ラキスヴァデリはしがみつくエレインの耳たぶをさする。

「そういえば……僕はどこまでエレインに触るのを許されているのか……前に聞いたあの質問の答えを、まだ聞いてなかった」

「……どこまでだって構いません」

エレインがそう答えると、ラキスヴァデリはエレインの頰《ほお》に唇を押し当ててきた。

「……本当にいいの？」

聞きながら、彼はまぶたや耳元に唇を触れさせる。それは知らない感覚だったが、なんだか心地いいと思えた。

「いいです」

「本当に？」

間近で瞳《ひとみ》を覗《のぞ》きこまれ、エレインはこくんと頷《うなず》いた。自分の顔が映りそうだと思い

ながらまじまじと瞳を見つめていると、その顔が近付いて唇が重なった。柔《やわ》らかなその感触《かんしょく》に鼓動《こどう》が速まり、エレインはあれ？　と思う。

どうして自分はこの人とキスしているんだろう……？

それを不思議に思ったけれど、エレインはいくら考えても彼とキスをしてはいけない理由を見つけることが出来なかった。だってこんなに温かいのに……エレインはベッドに押《お》し倒《たお》されて、覆《おお》い被《かぶ》さるラキスヴァデリに見つめられている。

頭をぼうっとさせていると、いつの間にか体勢が変わっていた。

自分達は今、何をしようとしているんだろう……？

そう思ってじっと見つめ返すと、ラキスヴァデリは急にがばっと体を起こした。

「……ちゃんと一人で寝《ね》ないといけないよ」

深呼吸して彼は言った。エレインは起き上がってベッドに座り、頼《たよ》りなげにラキスヴァデリを見上げた。

「そんな顔してもダメなものはダメ。今日はもう、これ以上甘やかしてあげないよ」

「……はい」

しゅんとした表情で小さく頷くエレインの頭を撫《な》で、ラキスヴァデリはエレインをベッドに寝かせた。

「そんな不安そうにしなくても大丈夫だ。もうすぐ全部終わるからね。エレインがゆっくり眠って、ちゃんと食べて、ここでいい子に過ごしていれば、無事解決するよ。だから安心してたらいい」

なだめるように言って彼は部屋から出ていった。

その言葉に安堵《あんど》して、エレインはようやくまぶたを閉じた。

エレインを寝かしつけて部屋を出たラキスヴァデリは、途端に扉へ背を預け、ずるずると座り込んだ。

「あー……危なかった……」

しばらく腰を抜かしていると、ダグラスミードが足音をひそめて歩いてきた。

「お帰り、ラキス。どうかしたかい？」

ダグラスミードは座り込んだままの息子《むすこ》を訝《いぶか》って問いかける。

「……ダグラス、恋って怖《こわ》いな。僕は危うく、紳士《しんし》にあるまじきことをしてしまうところだった」

はあーっとため息をつきながらラキスヴァデリは呟いた。

「……何があった……？　って、聞くのが怖いな。言わなくていい」

「あーあ……エレインが可愛《かわい》すぎてどうしよう……」

「……そうか、よかったな」

ダグラスミードはよしよしと息子の頭を撫でた。


安心して朝まで眠っていればいい……はずだったのに——

眠れない。いくら時間が経《た》ってもエレインに眠気が訪《おとず》れることはなかった。

ゆっくりとベッドの上に体を起こす。

違《ちが》う。何か違う。自分が何か間違っている気がして仕方がない。

自分は確かに何かを間違えている。それなのに、それを無視して気付かない振りをしてやり過ごしている。

自分はいったい……何を間違えている——？

このままここにいればいいはずだ。与えられるものを全部受け入れておとなしくしていれば、彼がどうにかしてくれる。自分では出来ないことでも、彼ならきっと簡単に解決してくれる。自分は彼に守られていればそれでいいのだ。彼はどんなものからだって自分を守ってくれると言ってくれた。まるで物語の王子様みたいに——

「……何だそれ……？」

エレインは剣呑《けんのん》な声で呟いていた。

何もしないで甘えていれば王子様が守ってくれる――？

何だそれ！　何だそれ！　何だそれはっ！　お前、どこの姫気取りだ！

今はっきり分かった。エレインは妥協《だきょう》したのだ。

ラキスヴァデリに追いつくことは出来ないから――だからその代わり、彼の庇護《ひご》下に入ることで自分の無力を正当化した。別の役割を得ることで満足したつもりになろうとした。何を勘違《かんちが》いしていたのだろう？　エレインの望みは彼の手で守られることなんかじゃない。彼を越《こ》えて自分の存在を認めさせることだったはずなのに――

久々に甘やかされたせいで泥《どろ》のように頭が鈍《にぶ》ってしまったのだ。元々が甘ったれなのを耐《た》えて耐えて耐えてきたから、心が崩《くず》れてしまったのだ。

本質が甘えっ子だろうが泣き虫だろうが弱虫だろうが、意地でも虚勢《きょせい》を張ると決めて生きてきたのじゃないか。意地は――死ぬまで張り通してこその意地だ。

たしかに体はしんどい。けれど、自分の心臓はちゃんと鼓動している。それ一つだけあれば意地を張るには十分だ。

ようやく頭の中の霧《きり》が晴れ、決意を固めた頃――窓の外が白むのが見えた。

第七章　好きよりもっと好きなあなた

ストングレー家の皆様へ

短い間でしたがお世話になりました。体調も回復してきましたので、元の場所へ戻《もど》ろうと思います。

何も言わず出ていく勝手をお許しください。恐《おそ》らく皆様はラキスヴァデリ先輩から私を外へ出さないようにと言いつかっているのでしょう。ですから、万が一にも先輩から怒《おこ》られるようなことがあれば、この手紙を先輩に見せてください。

皆様には何の非もありません。全部私が勝手にしたことです。

ストングレー家の皆様、親切にしてくださって本当にありがとうございました。

この御恩《ごおん》は一生忘れません。

六月十四日　エレイン・ハートネット

徒歩で王宮まで戻ってきたエレインは、第三班の研究室へ到着した。

部屋に入った途端《とたん》、中で仕事をしていた呪い師《フィリーウィード》達がいっせいにこちらを向いた。

「エレイン！　え？　お前、無事なのか!?」

「体調はどうなの？　エレイン」

　エレインは入り口近くで姿勢を正し、一礼した。

「ご心配おかけしています。呪詛《ヴィラド》に後《おく》れを取るという失態を演じてしまいました。しかし、体調も回復してきましたので、今日からまた仕事に復帰しようと思います」

　第三班の一同はエレインを見て、次に部屋の一角——散らかった机に目を向けた。そこはラキスヴァデリの席だった。彼は珍《めずら》しくまともに机についている。

　机に薬草を積み上げていたラキスヴァデリは顔を上げ、無表情でエレインを見た。奇妙な緊迫感《きんぱくかん》に満ちた部屋の中、彼は静かに立ち上がって傍《そば》まで歩いてくる。そしていきなり無言でエレインを抱《だ》き上げた。

「いけない子だな……エレイン。勝手に屋敷《やしき》を抜《ぬ》け出したりして。僕はいい子にしているようにと言ったはずだけど？　そんなに僕に怒られたいの？」

　怒っているというにはあまりにも淡々とし過ぎていて、班員達は息を呑《の》んだ。恐らくこの中に彼が本気で怒ったところを見た者はいないだろう。何しろ彼はそういう分かりやすい感情表現をしない男だ。

「さあ帰ろうか」

抱き上げられたまま見上げられ、体の温かさがじわりと染《し》みた。

エレインは真《ま》っ直《す》ぐ彼を見つめ返し、首を傾《かたむ》ける。

「先輩《せんぱい》……ここに来る間ずっと考えていたんです。どうして私、先輩とキスしたんだろうって」

固唾《かたず》を吞んでいた班員達が「ええ!?」と声を上げ、物を落としたり机にぶつかったりした。エレインは構わず言葉を続ける。

「考えて考えて、分かったんです。先輩……私、先輩が他の誰かの頭を撫でるのは凄《すご》く嫌みたい。他の人を撫でないで」

明後日《あさって》の方向に飛んでいった話に、班員達は「なんだそれは」という顔をした。

「先輩が頭を撫でたり、こんな風に抱き上げたり、キスをしたりするのは、私だけがいいって……そう思ったんです」

「……エレインは、僕が嫌いなんじゃなかったっけ？」

ラキスヴァデリは無表情で聞いてきた。

「嫌いですよ。先輩の事なんて大嫌い。世界一嫌い。なのに——世界一嫌いな先輩と、私はキスしたいみたい。だから——」

そこでエレインは彼の頬《ほお》を両手で挟《はさ》み、ぐっと上を向かせた。

「この呪詛が開花したら、私はたぶん先輩を忘れます。私はこの記憶を守らなくちゃ。そのために、ここへ戻ってきたんです」

「僕が守ってあげると言ったはずだけど？」

どことなく試《ため》すような口調でラキスヴァデリは聞いてくる。だから——

「王子様に守られて泣いて震《ふる》えている女が好きなんですか？　先輩は本当に……女の趣味《しゅみ》が悪いですね」

エレインは揶揄《やゆ》するように唇の端《はし》を持ち上げた。

「……なるほど、昨日までのあの頼りなげな女の子はどこへ行ったんだろうね」

「そんなものは幻《まぼろし》です。朝日が昇《のぼ》るとともに消滅《しょうめつ》しました」

そこで少しだけ顔を近付ける。

「こんな私は嫌いですか？」

「……弱った体で強い心を保てる人はそうそういない。そういうエレインが、僕は世界で一番好きだよ」

そう言われ、エレインの胸はぎゅうっと締《し》めつけられた。心臓の病気――？　いや、違う違う。これはそうじゃなくて……そうじゃなくて……

自分の抱《いだ》く感情に付ける名前を探しあぐねて眉《まゆ》をひそめたエレインに、ラキスヴァデリは問いかける。

「どうした？」

「先輩……好きよりもっと好きな気持ちに、付ける名前はあるんですか？」

周囲の人々が目を見張ったその時、エレインを抱き上げたまま見つめていたラキスヴァデリが言った。

「エレイン……動物というのは、寒い地域ほど体が大きくなるものなんだ」

「？　何の話ですか？」

「同じ大きさの箱を十個固めて置いた時と、百個固めて置いた時では、外気に触《ふ》れる面の数の割合が変わる。箱は多い方が外気に晒《さら》されない面が増えて、熱が外へ逃《に》げにくくなるんだよ。これを踏《ふ》まえて動物の体を箱のように区切って考えると、大きな動物の方が熱を逃がしにくく、寒さに強いということになる。だから、寒い地域に近付くほど動物は大きな体に進化するんだ」

班員達が顔を突《つ》き合わせ「やばいな……始まったぞ……」と呟《つぶや》いた。

ラキスヴァデリは腕の中に抱《かか》えたエレインをじっと見上げて告げる。

「例えば僕が北国だとしたら、エレインはすくすく育った特大の熊《くま》だ。これからも吹《ふ》きつける北風の中で鮭《しやけ》を狩《か》っていてくれないか？　僕のヒグマ」

その台詞《せりふ》に耳をそばだてていた一同はずっこけた。

「ヒグマって！」「アホか！」「馬鹿《ばか》か！」「どういう感性してるのよ！」

口々に責めたてる。エレインは言葉の意味を理解しようと思案し――

「つまらないこと言ってるとハラワタ引きずり出しますよ」

彼の襟元《えりもと》をぐっと締め上げ、低い声で脅《おど》しつける。

「……エレイン、怖《こわ》いな」

ラキスヴァデリはぽつりと感想を述べた。

「え？　熊的な要素が欲しいという意味じゃなかったんですか？」

「全然違うよ」

期待に添《そ》えるかと思ったが、どうやら外してしまったみたいだ。

「まあいいです。熊でも何でも好きに呼んでください。私は自分がどういう人間なのか、ようやく思い出したところなんですから。私が出世を果たすためにせいぜい役立って下さいね、私の踏み台」

にこっと笑いかけると、ラキスヴァデリの目に楽しげな光が宿った。

その瞳《ひとみ》と見つめ合い、エレインは胸を高鳴らせて頬を染めた。

「それで……その……いつか私が先輩を踏み台に出来たら……私のこと、先輩のうちの子にしてくれますか？」

それはエレインにとって一世一代の求婚だった。けれど——

「うん？　絶対嫌だよ」

ラキスヴァデリは即答《そくとう》した。

「何でだ！」と班員達が異口同音に突っ込んだ。

エレインはピシッと凍《こお》り付き、ぷるぷる体を震わせて——

「先輩の……馬鹿っ!!」

ラキスヴァデリを突き飛ばして腕の中から逃《のが》れると、床に降り立つ。

「やっぱり大っ嫌い！　死ぬほど嫌い！　世界一嫌い！　一生一人でぷらぷらして、野垂れ死にすればいい!!」

そう怒鳴《どな》りつけ、エレインは足音荒《あら》く研究室を出ていった。

「あー……もう……くそー……可愛《かわい》いな……エレインは何なんだろう……僕をどうし

ようっていうんだ……」

　残されたラキスヴァデリは力が抜けたようにどさりと床に座り込んだ。

「……というかね、きみ達何なの？　今の遣《や》り取りを人前で堂々とやってしまえる度胸には感服するけど、本当に面倒《めんどう》くさいな。俺達にどうしろっていうんだい？」

　と、うんざりした様子で突っ込んだのは班長のタランドである。

「だいたい、絶対嫌だってどういうことだよ。彼女はきみのお嫁《よめ》さんになりたいと言ってるんだろう？　きみの想《おも》いがようやく届いたってことじゃないのか？」

　ラキスヴァデリは胡坐《あぐら》をかいたまま、頬杖をついた。

「んー……僕は、エレインを満足させるための道具ではないからね。それなりに感情があって、色々とものを考える人間だ。受け入れられないことはある」

　抑揚《よくよう》なく呟くさまは、言葉に反してどこか人形めいていた。

「ただまあ……それはエレインも同じで、エレインは僕を満足させるための道具ではないから……だから屋敷を抜け出してここへ戻ってきたんだろう」

「なんだそりゃ。分かるように言えや」

　ブルドゥハラが呆《あき》れたように言った。

「僕は死んでもエレインに追い抜かせるつもりなんかないんだ。だから、追い抜けたら嫁にもらう――なんて受け入れられるわけがない。エレインには今のままでうちの子になってもらう」

「お前は意外と負けず嫌いだよな。変なヤツ」

言われたラキスヴァデリはぱちくりとまばたきする。

「別に変ではないよ。好きな女の子より強くありたい――なんて理由で張り切るような、そういう普通の男だ」

そう言って、ラキスヴァデリは立ち上がった。

「どこへ?」

タランドがすかさず聞いた。

「撒《ま》いた餌《えさ》を回収しに行ってくる」

ラキスヴァデリは意味ありげにそう言うと、タランドに呪詛の欠片《かけら》が入った瓶《びん》を渡し、ふらりと部屋を出ていく。

そして――その日から彼は行方《ゆくえ》知れずになった。


「……あの男が帰ってきたら池に沈《しず》めてやる」

ラキスヴァデリの失踪《しっそう》を知らされたエレインは、そう言ったきり彼のことを口にしようとしなかった。

王宮を離れてから中断していた仕事の続きに取りかかる。エレインが任されているのは使用された薬剤《やくざい》の特定だ。ラキスヴァデリの置いていった呪詛の欠片のお陰《かげ》で解《かい》析《せき》の速度は格段に上がった。それはエレインを嚙《か》んだ際に『忘却の蛇《ハリオン・スカル》』が残していった欠片だった。

そしてラキスヴァデリが姿を消した五日後――

「エダムベラルの花粉……？」

地下資料室で呪詛に使われた最後の薬剤を突きとめ、エレインは眉をひそめた。

「噓《うそ》……エダムベラル？」

作業を手伝ってくれていたリディが信じられないというように言った。

「だって、エダムベラルって……」

「……ダグラスミード・ストングレー呪い師長《フィルドオーリー》が品種改良を繰《く》り返して作り出した植物で、まだ王宮でしか栽培《さいばい》されていない……」

エレインは動揺《どうよう》を抑《おさ》えて淡々《たんたん》と説明する。

「それって……」

リディが口元を覆《おお》った。

王宮でしか栽培されていない植物が呪詛に使われた。それが示唆《しさ》する事実は一つだ。呪詛の犯人は無資格の呪い師だろうと言われていたが——

「犯人は……王宮呪い師《ラグランフィルド》？」

声を低めてリディが言う。エレインは微《かす》かに顎《あご》を引いた。

「そういうことになるわね」

「だけど、エダムベラルなんて扱《あつか》いの難しい植物の代表なんだよ？　私なんて使ったこともないもの。それで呪詛をかけるなんて、相当な実力がないと……」

そこでリディは口をつぐみ、難しい顔をした。

「どうかした？」

「犯人て………ううん、何でもない」

一瞬何か言いかけたものの、彼女は首を振《ふ》って視線を落とす。何でもないと言いながらも、何か考え込んでいるようだった。

「私、温室の管理者に話を聞いてくる」

エレインがそう言ってもリディは心ここにあらずと言った様子だ。

エレインは一人で薬草栽培をしている温室へと向かった。

温室は『呪い師の館《ステルスワーカー》』の裏手にあり、季節を問わず様々な植物が育っている。

その端に管理者の駐屯室《ちゅうとんしつ》があり、エレインはそこに詰《つ》めている呪い師に声をかけた。

「エダムベラル？　あれは扱いが難しいからあまり使う人いないけどね」

「最近――ここ数か月で使用した人の名簿《めいぼ》を見せてもらえますか？」

「ええと……エダムベラルは……」

管理人は棚《たな》から名簿を取りだして、それをエレインに渡した。

十名ほどの名が書かれたそれを見て、エレインはぴたりと動きを止める。

そこにあり得ない人の名を見つけたからだ。

「あの……ササガキ草と、月夜草《つきよぐさ》と、マナユラの根と、ホーリードロップを使った人の名簿はありますか……？」

「うん？　ちょっと待ってて」

管理人は棚から次々と名簿を出してくる。

それら全てに目を通すうち、エレインの鼓動はどんどん速まった。

「……ありがとうございました」

そう言って温室を出ると、『呪い師の館《ステルスワーカー》』の一階にある薬剤管理室へ足を運び、いくつかの鉱物を最近利用した呪い師の名簿に目を通す。使用された全ての薬剤の名簿を確かめ、そこに同一の人間の名を見つけ、ようやく確信を持った。

「嘘吐《うそつ》き……」

低い声で呟《つぶや》き、歯噛みしながらエレインは空を仰《あお》いだ。


「へくしっ！」

遠い空の下、ラキスヴァデリは沈みかけた太陽を見上げてくしゃみをした。

「エレインが僕の噂《うわさ》をしたに違《ちが》いない」

鼻水をすすりながら妄想《もうそう》めいたことを言う。

ラキスヴァデリがいるのは王都から遠く離れたとある農村だった。

昨夜世話になった村長の家から出て、ラキスヴァデリは畑を貫《つらぬ》く道を歩く。

「あんた……もう帰りなさるんかい？」

畑仕事を終えた農夫がすれ違いざま聞いてきた。

「帰るよ」

「……よくそんな平気な顔してられんな。悪いことしちまったとか……償《つぐな》いきれねえとか……何か思わねえのか」

　農夫は忌々《いまいま》しげにラキスヴァデリを睨《にら》む。ラキスヴァデリは少し考え、

「……別に？　僕は思わないな」

「……そうだろうな。あんたらは……クズだ」

　最後にそう吐《は》き捨てて、ついでに唾《つば》を吐いて農夫は立ち去った。

　ラキスヴァデリはそれを見送り、再び道を歩き始める。

　村を出て、山道にさしかかる頃には日が暮れていた。

　徒歩でてくてくと道を進んでいたラキスヴァデリはふと気配に気付いて立ち止まる。

「お帰り」

　声をかける先には光る模様で構成された蛇《へび》がとぐろを巻いていた。

「調子は良さそうだな。ちゃんとご主人様のもとに帰ってきて偉《えら》いぞ。じゃあ、最後にもう一仕事してもらおうか」

　蛇は差しのべられた手にするすると近寄り、体をくねらせて這い上ってくる。よしよしとその頭を撫でてやりながら、ラキスヴァデリは言った。

「今度こそ……間違えず獲物に噛みつくんだよ」

それから二日後の夜のこと――

「よっしゃー！　解呪薬と解呪陣完成ー！」

第三班の研究室で歓喜の声が上がった。

「ブルドゥハラさん、正確にはあと十日熟成させて完成です」

「分かってらあ！　だけどこれで『忘却の蛇《ハリオン・スカル》』を恐《おそ》れなくてすむってーんだから、ちっとは喜ばせろや！　なあ、ユナ」

「はい、ブルドゥハラ先輩《せんぱい》！」

新米のユナはキラキラ目を輝《かがや》かせて先輩と手を叩《たた》き合う。

「じゃあ、今日はこれで解散。みんなお疲れ様ー」

班長のタランドがパンパンと手を打って部下を解散させた。

「ああ、エレイン君。第五班のマインハット君がずいぶん手伝ってくれたんだって？　お礼がてら美味《おい》しいものでも御馳走《ごちそう》してあげてくれるかな」

タランドは片付けをしていたエレインにそう言って紙幣《しへい》を渡した。

エレインは片付けを終え、リディを誘《さそ》って街まで出た。

「タランド殿下《でんか》ってば太っ腹～！　今度デートに誘ってみよっかなあ」

リディはご機嫌で夜の街を歩く。

「この時間だし、酒場とかでいい？」

隣を歩きながらエレインは言った。

「いーよ。エレインと一緒《いっしょ》ならどこだって」

楽しそうに答えながら、リディは腕を組んできた。

「どこがいいかしら……」

エレインが重みにふらつきながら考え込んだその時、目の前を何かが走った。

「「え？」」

エレインとリディは同時に声を上げる。

人気《ひとけ》のない夜の裏通りを這いずるのは、光る模様で構成された蛇──

「『忘却の蛇《ハリオン・スカル》』……！」

エレインは愕然《がくぜん》としてその名を呼んだ。それは間違いなく、エレインを噛んだあの蛇だった。

「うそ……あれが!?」

腕にすがるリディの手に力がこもった。蛇は鎌首《かまくび》をもたげて這い寄ってくる。

「エレイン……今、呪《まじな》いの道具を何か持ってる？」

「……持ってない」

苦々しい思いで唇を噛みしめる。王宮の外で襲撃《しゅうげき》されるなんて思っていなかった。

「逃《に》げよ、エレイン」

リディがいつになく硬《かた》い声で言う。

「それで、もしもの時には私を盾《たて》にするんだよ」

「……リディ……何言ってるの？」

「エレインこそ分かってる？　エレインは一度噛まれてるんだよ？　二度噛まれたらどうなるか……誰も知らないんだよ？」

言われてエレインはぞっとした。

「……分かった、逃げよう」

そう言うと、二人は同時に背を向けて駆《か》け出した。

シャッと舌を出す音がして、『忘却の蛇《ハリオン・スカル》』が追いかけてくる。

「エレイン！　どこまで逃げよっか！」

「『呪い師の館《ステルスワーカー》』まで！」

二人はひと気のない路地裏を選んで走り続ける。蛇は執拗《しつよう》に後を追ってきた。

そして石畳《いしだたみ》の裏通りを走っている最中、リディが石畳に足先を引っかけて転んだ。

「リディ！」

「エレイン！　先に行って！」

リディは必死の形相で怒鳴《どな》った。彼女が怒声を上げる姿を、エレインは初めて見た。

一瞬の躊躇《ためら》いの後、エレインは駆け出していた。リディに向かって――

「エレイン!?」

エレインはリディを庇《かば》うよう『忘却の蛇《ハリオン・スカル》』の前に立ちはだかる。

そして蛇はエレインに襲《おそ》いかかり――

「ちょっと待った」

突然路地裏に響《ひび》いた男の声でぴたりと動きを止める。そして蛇のやってきた通りの向こうから、見知った人影《ひとかげ》が走ってきた。

「一旦《いったん》落ち着こうか。さあ、戻《もど》っておいで」

なだめるように言いながらも相変わらずの無表情を貫いているのはラキスヴァデリだった。彼の声に従い、蛇は元来た道を戻ってラキスヴァデリの足を這い上った。

「よしよし、いい子だ」

ラキスヴァデリは命令を聞いて戻ってきた蛇の頭を、指先でうりうりと撫でた。

その姿を目の当《ま》たりにしてエレインは足から力が抜《ぬ》け、地面にぺたりと座り込んだ。

リディはそんなエレインとラキスヴァデリを驚愕《きようがく》の瞳《ひとみ》で交互《こうご》に見やり、引きつった笑みを浮《う》かべる。

「え……嘘……ですよねえ？　ラキスヴァデリ先輩が呪詛の犯人なんて……ね？　先輩。嘘だって言ってくださいよー。その蛇、『忘却の蛇《ハリオン・スカル》』じゃないんでしょ？」

ラキスヴァデリは手元の蛇を見下ろして、喉元《のどもと》をくすぐった。

「ああ、この子はね、僕が躾《しつ》け直した。命令をよく聞くいい子になっただろう？　だからエレイン、邪魔《じやま》をしちゃダメだよ。これからこの子にたくさん人を嚙《か》ませないといけないんだから。まあ、エレインが先に嚙まれたいって言うなら、別に先に嚙んであげてもいいけど」

ラキスヴァデリの浮かべるいつも通りの無表情を見て、エレインは自分の手が震《ふる》えていることに気がついた。

「何で……」

エレインは石畳を見下ろし、震えを止めるようきつく拳《こぶし》を握《にぎ》る。

「何で……呪詛なんか……人の記憶を奪《うば》ったりなんか……何でこんなこと……何でこんなことをしたの！　リディ！」

エレインは叫《さけ》ぶように言ってリディを睨んだ。

転んだまま倒れているリディは、ぽかんとしてエレインを見た。

これが演技なんて信じられない。信じたくもない。だけど——エレインは確かに見たのだ。呪詛に使用された薬物の全ての名簿《めいぼ》にリディ・マインハットの名があったのを——。あと十日は黙《だま》っているつもりだったけれど、久々にラキスヴァデリの顔を見たらなんだかほっとして、どうしても抑《おさ》えられなくなった。

「手伝う振《ふ》りをして、本当は笑っていたの……？」

エレインは激情を押《お》し殺して淡々《たんたん》と聞いた。

「待って、ちょっと待って、エレイン、何言ってるの？　え……？　私が呪詛の犯人って……ええ？　いや……違《ちが》うからね？」

困惑《こんわく》したようにリディは言い募《つの》った。これが嘘だというならもう何を信じていいのか分からない。でも——

「薬剤《やくざい》を持ち出したのは間違いなくリディだわ」

「薬剤なんか持ち出したりしてないってば。そんな記憶ないもん！」

リディは僅《わず》かに声を大きくする。

「ちょっと落ち着こうか？」

穏《おだ》やかな口調で口を挟《はさ》んだのはラキスヴァデリだった。

「喧嘩《けんか》はいけないな。仲良くしよう」

「先輩……ちょっと黙っててください。先輩には関係ありません。これは私と彼女の問題です」

今までどこで何をしていたのか知らないが、今更《いまさら》現れて何を……

苛立《いらだ》ったエレインはそう思ったが、ラキスヴァデリは緩《ゆる》く首を振った。

「いいや、関係ある。何故《なぜ》ならこれは僕とリディの問題で、実はエレインこそが最も関係のない部外者だからだ。関係ないのに嚙まれてしまった被害者《ひがいしゃ》でもあるけどね」

そう言われてエレインは眉《まゆ》をひそめた。

「ねえ、本当に何の話だか分からない……」

リディが混乱し切った様子で頭を振る。これ以上嘘を重ねないでほしいとエレインは思った。しかし、

「それはそうだろうな」

ラキスヴァデリが当たり前のように言った。

「リディが何も覚えていないのは当たり前だ。だって、『忘却の蛇《ハリオン・スカル》』に最初に嚙まれた被害者は――産み主であるリディ自身だからね」

その言葉に、リディとエレインは同時に凍《こお》り付いた。そんな二人を順に見やり、ラ

キスヴァデリは話を続ける。

「だから全部忘れたんだ。呪詛をかけたことも、自分が噛まれたことも。忘れてたから、リディは本気でエレインを手伝おうとしていた。別に、陰《かげ》で笑ったりなんかしてないはずだ」

ラキスヴァデリはちらとリディに視線を向ける。

「呪詛を解こうか。リディ……悪いけど、忘れたかったことを思い出してもらう。さあ、『懐古の蛇《ナプトラ・スカル》』——お前の最初のご主人様の記憶を元に戻せ」

その命のままに蛇《へび》は牙《きば》をむき、リディに向かって飛びかかった。呆然《ぼうぜん》としていたリディもエレインも、それを避《さ》けることは出来なかった。蛇がリディの首筋に噛みつく。ぐらりと体を傾《かし》がせて、リディはその場に倒れた。


リディ・マインハットが生まれたのは王都から遠く離れたとある農村である。

父の姿は傍《そば》になく、母と二人、貧しい村の片隅《かたすみ》で細々と暮らしていた。

母はリディを産む前、王都にある貴族の屋敷《やしき》に勤めていたのだという。そこでリディを身籠《みごも》り、故郷の村へと帰ってきたのだ。

「お父さんてどんな人なの？」

幼いリディは毎晩のように母へ尋《たず》ねた。

「お父さんはねえ……都にあるとっても大きなお屋敷に住んでいて、お星様みたいにきらきら光る宝石や、一年かけても着られないくらいのドレスや、四頭立ての立派な馬車を持っている、お金持ちの紳士《しんし》なのよ」

母はいつもそんな夢みたいなことを言った。幼いリディは目を輝《かがや》かせたものだ。

そして十四になった冬――村を疫病《えきびょう》が襲った。

他にも多くの村や町で、その疫病は猛威《もうい》を振るったという。

リディの母もあっけなく病に臥《ふ》した。見る見るうちに体は弱った。そして病の床《とこ》に臥した母は、自分の死期を悟《さと》ったかのようにリディを枕元《まくらもと》に呼んで告げた。

「リディ……あなたのお父さんはね、お母さんがお仕えしていた旦那様《だんなさま》なの……だから……お母さんが死んだ後は、お父さんを頼《たよ》って王都へ行きなさい。お父さんに助けてもらってね……。お父さんにいただいた指輪があるから……」

そう言って母は息を引き取った。引き出しの奥には確かに家紋《かもん》の入った指輪が隠《かく》されていた。母は遊ばれたのだと憐《あわ》れむ村人達を残し、リディは家紋を頼りに王都へやってきた。調べれば持ち主はすぐに分かった。

代々呪い師を輩出《はいしゅつ》してきた家の当主、ストングレー伯爵《はくしゃく》。

それがリディのお父さん……

リディは呪い師になろうと決めた。父に会いたいと思ったのだ。

そのために入った訓練所で、リディはラキスヴァデリ・ストングレーと出会った。

その瞬間、ビリッと痛みを伴《ともな》うような衝撃が走ったのを覚えている。

それは感覚的で根拠《こんきょ》はなく……しかし確信を持って断言出来た。

この人は自分の血縁者《けつえんしゃ》だ――

彼と出会い、リディはようやく自分の感情を自覚する。

自分は、彼らを憎《にく》んでいるのだ――

母を孕《はら》ませておいてあっさり捨て、最後まで助けに来なかった父を――

そして、自分が受けられなかった愛情を一身に受けている兄を――

復讐《ふくしゅう》――という言葉が脳裏《のうり》に浮かぶ。

しかし訓練所で生活を始めたリディは、そこで一人の少女と出会った。

エレイン・ハートネット。それが少女の名だった。

自分とよく似た境遇《きょうぐう》で育ち、同じ疫病でたった一人の家族を失った彼女は、世界を見返すのだと公言してはばからない。その目的を果たすために、彼女は命を削《けず》るほどの労力を捧《ささ》げていた。

彼女を見てリディは思った。自分はそこまで捧げられない。復讐なんて無理だ——だから——忘れようと思ったのだ。

覚えているから——知っているから——だから憎んでしまうのだ。

父親や兄の存在など忘れてしまえばいい。

リディは四年の歳月をかけて、忘れるためだけの呪《まじな》いを作り上げた。

自分を死ぬまで騙《だま》し切るのだ……その想《おも》いから生まれた呪いの蛇に、『忘却の蛇《ハリオン・スカル》』の名を与えた。それが今年、四月二十六日の事である。

これで全部終わって、新しい自分が始まる——そう思うと、やるせないようなときめくような不思議な思いがした。

しかし蛇に自分を噛ませるその瞬間——呪いが発動するその瞬間——リディはちらと思ってしまった。不公平だな——と。

自分だけが大事な存在を忘れて、自分達を捨てた父や、全てを与えられた兄は、何一つ知らずにいるのだな——と。どうせならば、彼らからも大事なものの記憶を失わせてしまえばよかった。

そんなことを、一番集中しなければいけない時に思ってしまった。

その結果、リディ自身に呪いは正しく作用した。リディは忘れたかったことを無事忘れおおせた。自分が呪いを使用したことすら忘れた。だから——役目を終えて消え去るはずだった呪いが歪《ゆが》んで呪詛と化したことを、知る術《すべ》はなかったのだ。

「これが、『忘却の蛇《ハリオン・スカル》』に奪《うば》われたリディの記憶。『忘却の蛇《ハリオン・スカル》』は僕とダグラスから大事な記憶を奪うための呪詛になった。核《かく》に精霊《せいれい》を使っていたせいで自立思考が可能だったんだ。でも、誰の記憶を奪うべきか忘れてしまったんだよ。そのせいで手当たり次第《しだい》に人を嚙《か》んだ。だから原因は僕とダグラス」

ラキスヴァデリは蛇を解析《かいせき》して得た記憶を淡々とエレインに説明した。

「悪意で使った呪詛じゃない。まあ、ちょっとばかりへたくそだったってだけの話。未熟な人間が不用意に高度な呪いを使うと事故が起きる」

無感情に肩をすくめる。

倒れたリディを支えて石畳《いしだたみ》に座り込んでいたエレインは、彼を見上げた。

「先輩、いつからリディが犯人だと分かっていたんですか？」

「エレインの傷口から見つけた鱗《うろこ》を解析した時だ」

「……どうして言ってくれなかったんですか？」

「弱り切ってぴいぴい泣いてたエレインに言ってどうなると？」

ぱちくりとまばたきされて、エレインはぐっと言葉に詰《つ》まった。

ムカつく——が、本当のことだ。

「じゃあ……黙っていなくなって今まで何を……？」

「『忘却の蛇《ハリオン・スカル》』を捕《つか》まえるために罠《わな》を張ってた。手なずけるための餌《えさ》を何日もかけて充分撒《ま》いておいたから、この子は素直に僕の言いなりになったよ。何一つ逆らわなかった。この子の本体を解析して、リディがどうして僕を狙《ねら》ったのか分かった。一応確認のためにリディの故郷の村まで行ってみたけど……」

「手なずけたって……先輩、『忘却の蛇《ハリオン・スカル》』を……」

「改良した。命令式を描《か》き換えてね。今のこの子は『懐古の蛇《ナプトラ・スカル》』。僕がそう名付けた。奪った記憶を元《もと》に戻す呪いだ」

そこでエレインの腕の中にいたリディが目を開け、ゆっくりと体を起こした。

彼女は生気のない暗い瞳でぼんやりと地べたを見つめていた。かなり長いことそうした後、不意に視線を上げて作り物みたいな笑みを浮かべる。

「エレイン、私のこと……嫌いになってもいいよ」

それは己の過ちを自覚した者の言葉だった。エレインは一瞬目を閉じ、言った。

「……嫌いにはなれない」

それだけは確かだった。何があってもエレインはリディを嫌いにはなれないだろう。

「私がエレインを酷《ひど》い目に遭《あ》わせたんだよ！」

リディはたちまち笑みを消し、激情をむき出しにして怒鳴った。

「まあ落ち着きなさい。こんな些細なことでケンカする必要はないさ。リディの呪詛くらい僕がちょちょいと片付けてみせるからね」

リディの激昂を抑え込んで軽《かろ》やかに言ってのけたのはラキスヴァデリだった。

「……本当にどうもありがとうございます、ラキスヴァデリ先輩。……それとも、お兄様ってお呼びした方がいいですか？」

リディは顔を上げ、冷たい瞳《ひとみ》でラキスヴァデリを見上げた。

「……僕がリディの記憶を戻したのはね、リディにどうしても分かってほしいことがあったからだ」

「……何ですか？」

「僕はリディのお兄様じゃない」

彼はきっぱりとそう言い切った。リディがぴたりと動きを止める。

「だって、ダグラスはリディの父親じゃないからね。僕はね、ダグラスのことが割と……かなり……とっても好きなんだ。だから、ダグラスのことを誤解されたまま忘れられてしまうのは嫌なんだよ。思い出したくないことでも思い出してもらう」

「……どういう意味ですか？　それは、私の母が私に嘘《うそ》を言ったということですか？　仕えていた屋敷の旦那様の子を身ごもったなんて、貧しい女のみすぼらしい妄想《もうそう》だったと？」

「いいや、リディはストングレー伯爵の血を引いてる。最初に会った時からそれは分かってた。近い血筋を感じるよ。特に好きな女の子が一致《いっち》してるところとか——。リディは確かにストングレー伯爵の娘だ。だけど、僕の妹じゃない」

「……何を言ってるんですか？」

「この先は本人に説明してもらおうか。ついておいで」

そっけなく言うと、ラキスヴァデリは歩き出した。

リディとエレインは顔を見合わせて一緒《いっしょ》に立ち上がり、彼の後に続いた。

ラキスヴァデリはエレインとリディを連れて『呪い師の館《ステルスワーカー》』まで戻ると、呪い師長《フィルドオーリー》の執務室の戸を開けた。中に入るとその部屋の主《あるじ》、ダグラスミードが待っていた。

「ダグラス、お待たせ」

ラキスヴァデリがそう言って片手を上げると、ダグラスミードはすごい勢いで歩いてきた。険しい表情で怒《おこ》っているように眉《まゆ》を吊《つ》り上げ、ずかずかと近付き、一番後ろから入室したリディの手をがしっと握《にぎ》る。

「すまなかった！」

彼がそう謝った途端《とたん》、リディは怒《いか》りに顔を紅潮させてその手を振《ふ》りほどいた。

「今更《いまさら》！　お母さんはずっとあなたを待って――」

「きみの父親は私じゃない」

リディの言葉を遮《さえぎ》ってダグラスミードは断言する。

「きみが生まれた十八年前、ストングレー伯爵と呼ばれていたのは私の父だ。つまり、きみの父親は……私の父だ」

「……は？」

「大変言いにくいことだが、私の父親はあちこちの女性と浮名《うきな》を流したことで有名な人で、よそに作った子供も数知れず……彼らには十分な補償《ほしょう》をしてきたつもりなのだが、きみのことは全く知らなかった。今まで苦労をかけてほんっとーに申し訳ない。父は何年も前に大往生しているので、代わりに私が謝罪する」

冷え冷えとした沈黙《ちんもく》が室内に満ちた。リディはしばらく黙《だま》っていたが、力が抜《ぬ》けたようにへなへなとその場に座り込んだ。ダグラスミードはリディの前に膝《ひざ》をつき、真《しん》摯《し》な瞳で彼女を見つめ、

「どんな事情があったとしても、きみにはすまないと思っている。よかったら、これからは私をお兄様と呼んでおくれ」

きっぱりと言って再び手を握った。リディは気圧《けお》されたように僅《わず》か身を引き、

「あの……ええと……いえ、結構です……」

気が抜けたようにぽつりと言った。

「え？　どうして？　遠慮《えんりょ》することはない。さあ！」

「いや、本当に……もういいです。なんかもう、どうでも……」

魂《たましい》まで抜けてしまったような脱力《だつりょく》振りでリディは呟《つぶや》く。

「なんならリディ、僕がこれからリディを叔母様《おばさま》と呼ぼうか？」

追い打ちをかけるようにラキスヴァデリが横から言う。リディはぴくりと拳《こぶし》を動かしたものの、何も言い返さなかった。

代わりに黙って成り行きを見守っていたエレインが、ラキスヴァデリの背骨に後ろから拳を叩《たた》きこんだ。

終章

親愛なるミシェルへ

日に日に暑くなっていきますね。お姉ちゃんは今日も変わらず仕事に励《はげ》んでいます。

そうそう、この前手紙に書いた呪詛《ヴィラド》事件ですが、無事解決しました。解呪薬《かいじゅやく》は無事完成して、みんな大事な人の記憶を取り戻しました。

お姉ちゃんの友達のリディは、二週間の謹慎《きんしん》処分になりましたが、それ以外は以前のままです。呪い師長《フィルドオーリー》は「権力って大事だよね」なんて言って笑っていました。きっと、リディの処分を軽くするためにがんばってくれたのだと思います。

約束通りもうすぐ会いに行きますから、待っていてください。

その時は、お姉ちゃんの好きな人を連れていってもいいですか？

変な人――なんて思わないで、仲良くしてくださいね。

六月二十三日　エレイン・ハートネット

手紙の封《ふう》をしたところで、部屋の戸が叩かれた。

エレインが封筒を置いて戸を開けると、ラキスヴァデリが立っていた。

「マッキー屋の黒蜜《くろみつ》タルトをおごってあげるから、一緒に行こう」

突然の誘《さそ》いに応じ、エレインは街へ出た。この日はエレインもラキスヴァデリも仕事が休みだ。まだ頂点に達しない陽光の中、二人並んでマッキー屋に向かう。

黒蜜タルトを二つ買って、近くの広場のベンチに並んで腰かけ、手の平にのるくらいの小さな丸い黒蜜タルトを頬張《ほおば》る。

「美味《おい》しいですね」

「うん、美味しいな」

ちらっと隣を見ると、ラキスヴァデリは無表情ながら嬉《うれ》しそうにもぐもぐとタルトを頬張っている。

「エレイン……」

「はい？」

「僕はずっとエレインに謝ろうと思っていたことがあるんだけど」

「え？　何ですか？　毎日失礼なことばっかり言うことをですか？　呪詛事件の時、黙っていなくなったことですか？　高価な呪《まじな》い用の鏡を落として割ったことですか？　書類を間違《まちが》えて燃やしたことですか？」

一息に言うが、ラキスヴァデリは首を振った。

「それは別に謝ることじゃないと思うんだが……」

「え？　先輩《せんぱい》今、殴ってくれって言いましたか？」

「言ってないよ」

しれっとしているラキスヴァデリを、エレインはため息まじりに睨《にら》む。

「なら、何を謝るつもりなんですか？」

「紳士《しんし》らしからぬ振る舞《ま》いでエレインの唇を奪《うば》ってしまったことを——だ」

言われてエレインはビキッと固まった。

「嫁入《よめい》り前のお嬢《じょう》さんにしていいことじゃなかった。だからエレイン、いいかげんうちの子になってくれないか」

ゆっくり解凍《かいとう》したエレインは、じろりとラキスヴァデリを見上げる。

「嫌です。私はまだ、先輩を追い抜いていません。それに……謝られるようなことをされたとは思ってないです」

「抜くのは無理に決まってる。だから諦《あきら》めてうちの子になりなさい。そうすればキスしても問題ない」

「何なんですか？　先輩は、私が先輩のうちの子になるまでキスしないつもりなんですか？」

言いながら、エレインの頬は次第《しだい》に熱を帯びて赤く染まった。

ラキスヴァデリはタルトの最後の一かけを食べきって頬杖をつく。

「そのつもりだったけど……エレインが美味しそうにタルトを食べてるところを見てたら、したいなーと思ったんだよ」

「だっ！　だったら……すればいいじゃないですか」

「エレインは僕とキスしたいの？」

聞かれて一瞬口をつぐみ、エレインはふいっと目を逸《そ》らした。

「……前に言いませんでしたか？」

「うん、聞いたな。もう一度聞きたいと思っただけだ」

「何ですか、それ……」

エレインが呆《あき》れたように言ったところで、会話がいったん途切《とぎ》れた。

日差しの降り注ぐ広場には、ちらほらと人の姿がある。

「……帰りましょうか」

「そうだな」

二人は立ち上がり、帰路についた。

帰り道をしばらく歩いていると、人通りの全くない道にさしかかった。

「……誰もいないですね」

「いないな」

そう答えてどんどん歩いていくラキスヴァデリの腕を、エレインはぐいっと引っ張った。熱い頬を押《お》さえてやや躊躇《ためら》いながら言う。

「あの……キスしませんか？」

「ここで？」

「……嫌ならいいですけど」

「別に嫌ではないけど……」

ラキスヴァデリは拳をあごに当てて考え込んだ。

「でもなあ……謝った直後にするというのはどうなんだ？　嫁入り前の女の子が往来でキスするというのもな……」

うんうんうなりながらあれこれ言うラキスヴァデリを見ているうち、エレインはだんだん腹が立ってきた。

「うるさいな……」

ぼそっと言うと、ラキスヴァデリの胸を突《つ》き飛ばして近くの壁《かべ》に押し付ける。

「その気がないならさっさと帰れ！　少しでもあるなら黙って目を閉じろ！」

キレ気味に怒鳴《どな》って襟《えり》を引き寄せたその時、エレインは突然体を持ち上げられた。

「ごめんごめん」

そう言って、ラキスヴァデリは抱《だ》き上げたエレインの唇にチュッと音を立ててキスをした。エレインの怒りはたちまちしぼむ。

「……もう一回してくれたら許してあげますけど……」

「はいはい」

と答え、ラキスヴァデリはもう一回唇を重ねた。

「……なんか……甘いな」

首をかしげて彼は言う。

「黒蜜タルトのせいです」

「ああ……黒蜜か」

納得《なっとく》気に言って、ラキスヴァデリはぺろっとエレインの唇を舐《な》めた。

言いながら、何度も舌を這《は》わせられ、エレインはふふっと笑ってしまった。

「やっぱり甘い」

「なんかこれって……気持ちいい……ですよね？」

ふわふわした心地《ここち》でそう聞くと、ラキスヴァデリもにこっと笑った。

「そうだな」

その笑顔がなんだか可愛《かわい》く思えて、エレインはラキスヴァデリの首に抱きついた。

「エレイン、うちの子になる気になった？」

そう聞かれ、エレインは満面の笑みで答える。

「絶対嫌です。私が追い越《こ》すまで待っていてください」

「……おじいさんになったらどうするんだ」

「その時は責任を取って、先輩をうちの子にしてあげます」

「……分かった。気長に待とう」

ラキスヴァデリは脱力《だつりょく》しつつも、エレインを抱《かか》えたまま帰路についたのだった。

あとがき

初めまして？　こんにちは？　今年もよろしくお願いしますな広島県民、宮野美嘉《みやのみか》と申します。『王宮呪《まじな》い師の最悪な求婚』お手に取って下さりありがとうございます。目指せラブコメ！　を合言葉に書いた本作、ちゃんとコメディになっているでしょうか？　しかも初挑戦《ちょうせん》の鈍感《どんかん》な主人公！　書いた自分が予想外の展開だよと驚《おどろ》いている次第です。大丈夫か!?　元の設定には鈍感なんて一言も書いてないのに、いったいどうしてこうなった？　ナゾです。

この二人は本当にラブくなるのだろうか……!?　戦々恐々としながら書いているうち、いつの間にかこんな女の子になっていたんですねー。最初はヒロインを痛めつけてボロボロにしたいという発想から生まれたはずだったんですけどねー（鬼！）

結局なんとも難しい女の子に成長しました。それに比べてラキス……お前は書きやすすぎだよ！　なんて単純で分かりやすい男なんだ……愛《う》いヤツ！

薄々《うすうす》感じてはいたんですが……どうやら作者はオッサンキャラが相当好きなご様子。ダグラスパパとブル先輩《せんぱい》がお気に入り。というわけで、これからもオッサンラブ！

を掲《かか》げて頑張《がんば》ろうと思います！　大丈夫か!?（再）余談ですが、パティーはヒマワリの妖精《ようせい》で、デートの時にはチョリンケのバケツ部分に入ってお出かけするという、本編には全く関係ない裏設定がございます。

そうそう、今回は執筆《しっぴつ》時間と睡眠《すいみん》時間を両方確保するため、超早寝早起き大作戦を決行してみました。夜九時に寝て朝四時に起きて出勤まで執筆するという計画。起きて、書いて、食べて、働いて、帰ったら五分で寝て——を繰り返し、執筆ペースは絶好調！　ナイスアイディアと思っていたんですが……何故《なぜ》か十日もしない内に異常な眠気に襲《おそ》われて、とうとう夜中に心臓がやべえ感じの鼓動《こどう》を打ち始める始末。こんなに寝てるのになぜ眠い!?　時差ボケ……ということにしておきましょう！

あとがき短くて駆《か》け足ですよ！　最後に家族のみんな、この本に関《かか》わって下さった方々、最後まで読んで下さった皆様、本当にありがとうございます！　この物語の登場人物達は、みんな私の可愛《かわい》い子供達です。皆様に少しでも笑っていただけたらこんなに嬉《うれ》しいことはありません。どうか可愛がってやって下さいませ。

宮野美嘉

♡本書のご感想をお寄せください♡

〒101-8001　東京都千代田区一ツ橋二-三-一
小学館ルルル文庫編集部　気付
宮野美嘉先生
くまの柚子先生

小学館ルルル文庫

王宮呪《まじな》い師の最悪な求婚

2015年 2月 1日　　初版第1刷発行

著者　　宮野美嘉

発行人　丸澤 滋

責任編集　大枝倫子

編集　　大枝倫子

編集協力　株式会社桜雲社

発行所　株式会社小学館
〒101-8001　東京都千代田区一ツ橋2-3-1
編集　03(3230)5455　販売　03(5281)3556

印刷所
製本所　凸版印刷株式会社

ISBN978-4-09-452282-2